蒋勋 著

岁 月 无 惊

化学工业出版社
·北 京·

以为新冠疫情就要结束了，小寒，大寒，期待着立春。二〇二一年的新年元旦到旧历春

相信全世界的众生都默默祈祷，

有时突然遇到地震，惊天动地

地震大多只有数十秒钟，但是，

小时候遇到过风灾，一日一夜

房屋倒塌，呼喊救命，心中惊

祈祷黎明天亮。

那个漆黑夜晚也像一世纪那么长

我们会记得地震的那数十秒钟，

灾难过后，如果幸存，谢天谢地

我常常心在感谢，觉得自己此生

七十年没有天崩地裂的大灾厄。

新冠疫情持续了两年，每一次觉

度凶厉，刚刚放心，却又惊恐

"什么时候才会停止呢？"一年里

有一种说法：新冠病毒不会消失

这样的说法让希望破灭，"永远

这样的说法却也仿佛让人心情转

从地震到暴风雨，从战争到疫

朔从不为任何事停止。

到二〇二一年秋天，全球因新冠

原繁体版书名：歲月無驚，作者：蒋勳
ISBN：978-957-13-9645-3
本著作物经北京时代墨客文化传媒有限公司代理，由作者蒋勋独家授权
化学工业出版社，在中国大陆出版、发行中文简体字版本。
音频内容由趋势教育基金会及中广制作提供。
未经许可，不得以任何方式复制或抄袭本书的任何部分，违者必究。

北京市版权局著作权合同登记号：01-2022-2321

图书在版编目（CIP）数据

岁月无惊 / 蒋勋著.—北京：化学工业出版社，
2022.8
ISBN 978-7-122-41585-1

Ⅰ.①岁… Ⅱ.①蒋… Ⅲ.①散文集—中国—当代
Ⅳ.①I267

中国版本图书馆CIP数据核字（2022）第095044号

责任编辑：郑叶琳
文字编辑：张焕强
责任校对：边 涛
装帧设计：尹琳琳

出版发行：化学工业出版社
（北京市东城区青年湖南街13号 邮政编码100011）
印 装：盛大（天津）印刷有限公司
880mm×1230mm 1/32 印张8¹/₂ 字数165千字
2023年1月北京第1版第1次印刷

购书咨询：010-64518888
售后服务：010-64518899
网 址：http://www.cip.com.cn
凡购买本书，如有缺损质量问题，本社销售中心负责调换。

定 价：48.00元 版权所有 违者必究

因为连环纵谷，东部太鲁阁号台铁事故，死亡四十九人，许多是回乡扫墓的东部人。度

偏乡人的无奈，我特别愤怒激动。然而，编辑这本《岁月无惊》，我心经翻阅，这

删除了。

"度一切苦厄"，"苦""厄"都要度过，再难忍、再伤痛、再锥心刺骨的"苦""厄"都要

　　以为新冠疫情就要结束了，小寒，大寒，期待着立春。二〇二一年的新年元旦到旧历春节，相信全世界的众生都默默祈祷，希望新来的一年疫情停止。

　　有时突然遇到地震，惊天动地的摇晃，完全无助，只有心中默祷：赶快停止。

　　地震大多只有数十秒钟，但是，却像是一世纪那么长久。

　　小时候遇到过风灾，一日一夜狂风暴雨，大水一尺一尺上涨，停电，在暗黑中听到附近房屋倒塌，呼喊救命，心中惊慌，不能做任何事，也只有强作镇静，祈祷风雨赶快过去，祈祷黎明天亮。

　　那个暗黑夜晚也像一世纪那么长久。

　　我们会记得地震的那数十秒钟，我们会记得大风呼啸、号啕大雨的那一个夜晚。

　　灾难过后，如果幸存，谢天谢地；我们会知道珍惜，知道岁月静好，平常无事，才是真正的幸福。

　　我常常心存感谢，觉得自己此生命好，出生战后，七十年没有战争，七十年没有大饥荒，七十年没有天崩地裂的大灾厄。

　　新冠疫情持续了两年，每一次觉得要结束了，

数十秒的苦厄，一日一夜的苦厄[...]
样漫长，无止尽，咪嗚是无止[...]
咪嗚，像一层一层的浪，波涛[...]
尽。

然而有人说"船过水无痕"。

"船过"当然波涛汹涌，要有多[...]
涌的浪请静下来？别无惊，

谷雨前后，北部疫情暴发，我[...]
一处叫龙仔尾的宿舍。东边海[...]
火山脉，向南看是一望无际的阜[...]
插了秧的稻田一片葱翠，从立夏[...]
秧抽穗，看庭园莲雾开花，结[...]
地上，一扫就是百余颗。

芒种后稻田收割了，不多久当地[...]
新婚好的当季新米。我用大火[...]
姜啊一夜，次日清晨一室带手米[...]
地上玉瞻园的豆腐乳，吉陵米代[...]
落芒果结实累累，龙眼也已垂满枝[...]
附近居民随意喂养的猫跑来觅食[...]
个房客留下的猫饲料，放在屋檐[...]
豆腐乳，闲闲新笋，都没有兴趣，[...]
小暑、大暑，感谢陆续跑来我住处的猫咪陪伴我过了一个无忧无虑没有杂念的夏天，[...]
月无惊"，是可以一整天坐在屋檐下看鸟雀啄食地上的芒果，一整天看山头云舒云卷，[...]
月恒……

却又在不同地区暴发。每一次觉得要平息了，却
又再度凶厉，刚刚放心，却又惊恐。

"什么时候才会停止呢？"一年里有多少人
重复询问，却听不到答案。

有一种说法：新冠病毒不会消失，会一直
变种。

这样的说法让希望破灭，"永远不会停止
了吗？"

这样的说法却也仿佛让人心情转变，"不会
消失，所以学习与它和平相处。"

从地震到暴风雨，从战争到疫病流行，我们
都在惊慌中期待"停止"，然而，岁月无惊，岁
月从不为任何事停止。

到二○二一年秋天，全球因新冠疫情死亡的
人数已经超过五百万人。

因为住在纵谷，东部太鲁阁号台铁事故，死
亡四十九人，许多是回乡扫墓的东部人。感受到
偏乡人的无奈，我特别愤怒激动。然而，编辑这
本《岁月无惊》，我几经斟酌，还是都删除了。

"度一切苦厄"，"苦""厄"都要度过，
再难忍、再伤痛、再锥心刺骨的"苦""厄"都
要度过。

数十秒的苦厄，一日一夜的苦厄，数年战争的苦厄，可能永远跟着我们的病毒的苦厄，都一样漫长，无止尽，惊慌是无止尽的。

惊慌，像一层一层的浪，波涛汹涌，永无止尽。

然而有人说"船过水无痕"。

"船过"当然波涛汹涌，要有多长的时间让汹涌的浪涛静下来？岁月无惊，水上平静无痕。

谷雨前后，北部疫情暴发，我取消了北返，留在一处叫龙仔尾的农舍。东边海岸山脉，西边中央山脉，向南看是一望无际的卑南溪平原。刚刚插了秧的稻田一片葱翠，从立夏到小满，看稻央抽穗，看庭园莲雾开花，结果，果实落满地上，一扫就是百余颗。

芒种后稻田收割了，不多久当地农民就送来刚刚新焙好的当季新米。我用大火烧滚，盖着锅盖焖一夜，次日清晨一室带芋头香的米粥，配池上玉蟾园的豆腐乳，吉拉米代部落新笋，看院落芒果结实累累，龙眼也已垂满树枝。

附近居民随意喂养的猫跑来觅食，我找到前一个房客留下的猫饲料，放在屋檐下，猫咪吃饱了，却跳到我早餐桌上，闻闻米粥，闻闻豆腐乳，闻闻新笋，都没有兴趣，就四仰八叉躺在桌上呼

二期稻作庇立秋前大多插完了，

早啊……"

我们的对话好像都没有内容，不

龙仔尾的农舍没有电视，没有网

有多少人确诊，有多少人死亡，知

晨起念经、抄经，下午画画，

自己要放下多少矜持傲慢才能随你

两个最根本的功课。

白露之后，疫情好转，我去池上书

他原是不爱搭理人的猫，游客多

这是一年的大事。好像疫情很

呼吸，仿佛天下无事，"岁无惊

二〇二一年霜降后七日

呼大睡。

小暑、大暑，感谢陆续跑来我住处的猫咪陪伴我过了一个无忧无虑没有杂念的夏天。原来"岁月无惊"，是可以一整天坐在屋檐下看鸟雀啄食地上的芒果，一整天看山头云舒雾卷，看日升月恒……

二期稻作在立秋前大多插完了，农民有空站在田埂边和我寒暄："今天散步时间比较早啊……"

我们的对话好像都没有内容，不说大事，小事就是"今天猫咪为什么没有来"。

龙仔尾的农舍没有电视，没有网络，没有报纸，可是该知道的事也都知道。知道有多少人确诊，有多少人死亡，知道针对疫苗有多少争议，知道众生还在惊慌中。

晨起念经、抄经，下午画画，画了记忆中清迈清晨托钵出外"乞食"的僧侣，细想自己要放下多少矜持傲慢才能随他们去"乞食"修行做好《金刚经》"着衣""持钵"两个最根本的功课。

白露之后，疫情好转，我去池上书局，结识了有十年的Momojan跑来依靠在我手臂上。

他原是不爱搭理人的猫，游客多，他总躲起来。然而今日来靠着我的手亲近，啊，这是一年的大事。好像疫情很遥远，此时此刻，害怕惊醒猫的沉睡，我也静静呼吸，仿佛天下无事，"岁月无惊"。

二〇二一年霜降后七日

目
录

小寒

002

金苓子

二〇二一年一月四日

小寒❶，急速降温冷了几天，河边东北季风呼啸，木窗棂震得嘎嘎作响。

河边少人行，偶然一二白鹭栖息岸边觅食，看着一片茫茫漠漠的冷水，仍然专心一意，没有旁骛。

断断续续降温，也会有一天突然放晴，阴霾一扫而空，阳光亮丽，天空湛蓝。

前几日在寒风里吹落不少枝叶的苦楝树，结满了一粒一粒小龙眼般发亮的金苓子，衬着一碧如洗的蓝天，很是华丽好看。

苦楝树枝茎细长优美，但是春天时有浅紫的花色和浓密绿叶覆盖，看不太到枝干的线条。

一棵树也有一棵树在不同节气里的美，春天看紫花看绿叶，冬天看枝茎婉转，看如黄金果粒灿亮夺目的苓子。

---

❶ 作者写节气多指该节气前后若干天，不一定是交节当天。后同。——编者注

"无我相、无人相、无众生相、无寿者相"，《金刚经》重复说得最多的一段话，仿佛也是这一棵苦楝在不同季节示现给我的诸相非相。

这几日得知傅聪染疫过世，八十六岁。我和他的一面之缘是在四十年前，他应新象之邀来台北演奏。会后许博允邀约去北投泡汤，泡汤时闲聊，他说起弹奏贝多芬时常用李白诗里的情感，弹奏巴赫也常常觉得是跟王维对话。

汤池里娓娓道来的美学，以后在《傅雷家书》里读到，文化深厚底蕴造就了艺术者诗人的特质，艺术当然不是"技术"这么肤浅。

盛壮之年的傅聪，以"钢琴诗人"享誉国际，他手指上感动世界的不只是肖邦、莫扎特，而是血液中奔流不断的孟浩然、李商隐吧……

晴日呼唤，人群都出来了，河边异常热闹，大人们纷纷指着树上发亮的果实给孩子看。

星河

二〇二一年一月六日

　　靠近捷运站，城市用许多许多灯光营造着像密聚的星河一般的天穹，异常华丽，却也异常荒凉。

　　许多人穿过那星空一样的穹顶，就看到了鬼魅和天使飞翔的奇幻缤纷，但只是幻象，出了穹顶，依然是冷酷的现实。

　　在特别寒冷的冬天，竖着衣领匆匆走过的男子，觉得细雨飞霜在领下的胡茬上结了一粒粒晶莹透明的冰花。他便想起爱人曾经打开羊毛围巾，用温暖的颈脖依偎着，让每一粒胡茬上的冰花融化。融化的冰花，像细细涓涓的溪流，带着如泪冰凉和花的芳香，汩汩流淌进呼吸喘息的他厚实的胸口。

　　那个冬天，他走过城市每一条街，都想唱歌；歌声飞扬，就像远远的夜空里密密层层许多梦的音符织成的繁星。

　　所以可以在城市最冷的夜晚独自漫步，去测试今夜荒凉的温度吧……没有任何一次拥抱是永远的拥抱，没有任何一次依偎是永远的依偎。

　　是新年了，不应该哭，哭的时候，也不要让泪水结成冰花。

　　肉体总是在寂寞的华丽里懂了感伤，懂了想念温暖的颈脖，懂了胡茬上的飞霜，懂了每一座繁华城市都走在宿命荒凉的路上。尼尼微、大马士革、以弗所、长安、巴黎、威尼斯、台北……

006

家
二〇二一年一月十日

　　小时候，上作文课或美术课，常常会有一个共同的题目："我的家"。

　　如果是幼儿园，或是小学一二年级，图像的思考还很笼统，不容易有太深入细密的观察。台湾的五十到六十年代，孩子画中描写的"家"大概就是斜屋顶，一个大门，四周有树。

　　音乐课教的一首歌也与"家"有关："我家门前有小河，后面有山坡，山坡上面野花多……"

　　记得小学班上有一位同学描写他家屋顶的瓦片，用到"整齐像鱼鳞"，很受老师赞美，认为他有很细的观察力。可惜这同学后来学理工，并没有走写作的路。

家

七十年代以后，我住的城市慢慢改变，童年作文和美术课的"家"都拆除，改建公寓。音乐课里"门前有小河""后面有山坡"的"家"更是天方夜谭。

短短三十年，都市建筑从外观到内在，家的伦理都有巨大变化。

今天的孩子要如何描写或描画"我的家"？

在城市闹区看到一户老式宅院，斜屋顶，黑瓦，雨棚，院里的大树……让我驻足沉思了一会儿。

在我记忆里很难忘的"家"，仿佛推开门就可以闻嗅到母亲晚饭煎赤鯮的香味。

然而，我的记忆，对青年一代而言或许已无太大意义了吧？

008

寒凝大地

二〇二一年一月十二日

连续降温，寒凝大地。

从花莲高中的操场向西边眺望，远远的大山上都在飘雪。这样的学校，灵气逼人，都会城市的学校望尘莫及。

天空灰沉沉的云层堆得很厚，但是雪花里似乎还反照着光。

一片片翻飞的雪花，雾凇，霜霰，凝聚在水汽里的光，像死寂的大山里踽踽独行的孤独者，像是走向郁暗沉寂，又像是走向飞舞的光。

有人在死灭的枯木里找到生命，听到大风呼啸，听到巨雷的霹雳，听到火焰嘶嘶燃烧的声音，听到暴雨，听到虫蚀，也听到被冰雪压到断裂的嘎戛叫声。

大寒之前，最后一个节气，总会告诉我们凝寒死灭的真正意义吧！

无端想起他的诗句："寒凝大地发春华。"

一切寒凝死灭之后，才有春天的花的绽放吗？

圣若瑟

二〇二一年一月十三日

多日阴霾突然放晴。

在花莲的圣若瑟修道院入口看到一尊很朴素的木雕像。

圣若瑟，有时翻译为"圣约瑟"，他是耶稣的父亲。但是依基督教严格的教义，耶稣是玛利亚从圣灵受孕，是"神之子"，所以，若瑟只能算是耶稣的养父。

我初中一年级，在民生西路的蓬莱堂随孙神父读经，从《旧约》读到《新约》。我很感兴趣，至今也还常拿出来读，以为是最好的文学，也帮助我进入欧洲的艺术史经典作品。

那一年多读经，对若瑟没有很深的印象。他是木匠，是谦卑的劳动者，很少看到他表达自己独特的意见。

若瑟是神的虔诚信徒，神派天使告诉他，玛利亚从圣灵受孕，不可与她同房，若瑟就遵从。神又派天使告诉他，带妻儿逃往埃及避难，他也遵从。若瑟从不怀疑神给他的命令。

012

　　我结束读经课业，领洗的时候，神父要我选择"圣名"。我选了十二门徒中唯一不相信耶稣复活的"多默"。神父笑一笑，他大概知道文青时的我内心的叛逆吧。

　　在巴黎时常路过圣母院，还是不自觉走进去，在沉静的穹拱回声里，像是聆听着自己叛教的告解。

　　不知道为什么，这次在若瑟像前沉思很久，如果再次被神接纳，我会不会选择"若瑟"做新的圣名？在漫长的信仰的路上，怀疑像一道一道障碍，若瑟在这路上也曾有过一丝怀疑吗？

　　我多么羡慕若瑟，遵从一种单纯的信仰，没有一点怀疑，那就是神的旨意，只要照着神的话语去做。信仰或许是极大的福报吧？我青年时的叛逆，却使我与若瑟擦身而过……

若瑟是质朴勤勉的木匠，寡言木讷，这尊像不修饰的木头纹理质感都很适合他。他手里怀抱小耶稣，他无微不至呵护照顾的孩子并不是他的儿子，他并不在意，因为那是神之子。

耶稣最后要被钉死在木头制作的刑具十字架上。那时，若瑟已经去世；即使在世，他或许也无法理解一手带大的孩子为什么要坚持选择走上那么壮烈的骷髅地吧？

很高兴在花莲遇到圣若瑟修道院，相信这里有许多以若瑟的质朴信仰为典范的追随者。

荒山绝世

二〇二一年一月十六日

在花莲的时候，朋友告诉我奇莱主峰落雪了，棱线很美。

我在花莲没有看到，驱车往台东去，连续几日都沉云密布，云层低，近山远山被灰云遮蔽，什么也看不见。

空气里都是寒意；赶在旧历年前刚刚插秧的农田，一片幼嫩青绿的秧苗，也仿佛感觉到冰冻的气温瑟缩着，让人担心农民的辛苦会遭寒害损失。

小寒后十日，突然晴了，阳光好亮，人们都走到户外舒展多日在寒冻中缩着的筋骨。突然想起高山棱线上的积雪，一旦放晴，一定熠熠生辉。

我订了北返的飞机，希望可以在晴日高空看尚未融化的积雪。

买到机票，刻意订了朝向西面的位子。起飞不久就看到中央山脉山峰棱线点点白雪。快近花莲时，一长段山峰棱线上都是白皑皑的雪。

尖锐峭立的山的棱线犀利如剑戟，如刀刃，明显的黑与白的对映，使我想起台静农老师棱棱傲骨刚锐顽强的书法线条。台老师有咏梅花极美的诗句："为怜冰雪盈怀抱，来写荒山绝世姿。"

冰雪怀抱，荒山绝世，节气即将大寒，有幸有缘与高峰上的绝世之姿目看两不厌。

016

宝钏菜

二〇二一年一月十八日

　　台东地区野菜很多，吃起来口感嚼劲气味都和菜田种植的菜不完全一样。

　　小时候食物来源稀少，家庭主妇多在大自然中找野生的食物来吃，家门口溪水里摸得到蛤仔、蚬仔，田里的野生黄鳝泥鳅都可以打牙祭。

　　我家后院有防空洞，预备空袭避难。战争一直没有发生，防空洞上的覆土就长满各种花草；我最喜欢山芙蓉，花朵粉白粉红相兼杂，极美丽。

　　贴着覆土有一片野草，一丛一丛，看起来不起眼，但也开花，花有白有红有紫。母亲说这是"宝钏菜"，她一面摘菜，一面就说起王宝钏苦守寒窑十八年的故事。

　　母亲爱看戏，她许多知识是从戏中来的，亦真亦假，多半是民间百姓相信的传说。她一路在战乱中看戏，看过秦腔的《王宝钏》，河南梆子的《王宝钏》。后来在大龙峒保安宫庙口看歌仔戏版本的《武家坡》，主角拿着锄头菜篮出来，她就跟我说："看，这就是王宝钏。"战争中父亲长年在战场上，母亲看王宝钏，等丈夫一等十八年，苦守寒窑，大概很有角色的认同吧。

　　"幸好武家坡上长满这野菜，王宝钏十八年就靠挑野菜活下来。"她说，"西安郊外寒窑还在，窑口插一把铁铲，窑里有宝钏画像。野菜吃太多，肚皮是绿的。"

　　民间的"传说"最好别用历史去考证；老百姓不信"历史"，他们依靠"传说"活下来。"传说"很像让苦守寒窑的宝钏活下来的野菜，够顽强、够野，不管如何践踏还可以活着。

我在母亲身边学了很多野菜故事。她摘空心菜也说起比干被挖了心，却还有法术空心骑马出城，却在城门口遇到妖女幻化卖菜老妇，唤叫"卖空心菜"，就破了比干法术，比干从马上倒地而死。

"空心菜"故事似乎是从《封神榜》来的。自古不信历史，就有另一种胡诌的本领，去写小说或编戏剧。

"宝钏菜"母亲用盐腌，加麻油凉拌。这次台东吃的宝钏菜是用麻油加辣椒炒的。数十年不见，见这盘菜，如见母亲。老板见我沉思，告诉我这菜正式名字是"马齿苋"，台湾民间叫"猪母奶"，"连猪吃了都有奶，你看多营养，有Omega-3的成分呢"。

老板口气和母亲颇相似，只是母亲对"宝钏菜"的认同更有她不可说的辛酸记忆吧。她看《武家坡》，最后薛平贵回来，十八年不见，要试一试妻子贞节。母亲看到这里就有一肚子火，眼中有委屈，禁不住会骂："这男人，混蛋……"

大寒

022

腊八

二〇二一年一月二十日

大寒，也是腊八。吃了自己熬的腊八粥，就出外走走。

阳光甚好，晒在身上暖和温柔。吹南风。

南风强劲，推着人走，却无东北季风的刺骨寒气。

渡船到对岸，沿河边向河口漫步。河岸边有中法战争时的遗址，标注着岛屿也难弄清楚是悲是喜、是骄傲还是卑屈的历史。

战争就在这眼前河口，然而今日大河出海，这样宽阔浩荡，无一点疑虑扭捏尴尬，一派望洋兴叹的豪迈豁达。

是的，原来庄子说"望洋兴叹"，是说无论骄傲或卑屈，都在河入大海前丢得干干净净。从此是海，河已经结束了。因此望洋兴叹，那长长的叹息里有一切傲慢过后的领悟吧。

"罢如江海凝清光"，水面上那一抹清光，就衬着观音山侧卧如入睡如禅定的安静身姿。

腊八

024

容颜

二〇二一年一月二十二日

寒冷之后，突然放晴。

晴了一整天，许多人走到河边晒太阳。一直到入夜以后，河边还有人散步。看树叶都脱落殆尽的树的枯枝，枝丫飞张，仿佛要去抓天空飞渡的乱云。

虽然没有花，没有叶子，但是河边的树看了很多年，他都熟悉，知道哪一棵是栾树，哪一棵是苦楝，记得它们何时发新叶，记得它们何时开花，记得它们结果实和落叶的时候。

一棵树要在不同季节认识它们不同的样貌，如同一个人，可以认识和爱恋他从青年到老不同的容颜吗？只认识表面青春容貌，毕竟难在心底深处有深刻记忆吧……

026

　　有一位女作家活到近一百岁时，知道离死亡很近了，她并不畏惧，甚至有点高兴，因为要去见已经逝世已久的她挚爱的丈夫。但是她又忧虑起来，因为不知道要用哪一个年龄阶段的自己去见那亲爱的人。他们青年时恋爱，结婚，生子，经历了长达半世纪以上的共同生活，容颜一直在改换。

　　哪一个容颜可以在死后相见？

　　是的，如果有一天要去见母亲，我应该如何和她相见？她记得的我，是婴儿的我，童年的我，少年、青年、壮年的我，她会认得出现在已白发苍苍的我吗？

　　经文里说的"诸相非相"，是说每一个阶段生命的状态都在逝去之中吗？

　　哪一个我是真正的我？

　　新叶、开花、结果实、落叶、秃枝，都是树，也都不是树。我们执着的或少年、或青春、或啼笑皆非的容颜，在时间中易变流逝，从来不曾停留。看三十年、四十年、五十年缩时摄影的同一张脸，瞬间易变，也就懂了"诸相非相"吧。

　　前日的寒冷，今日的暖阳，也是天地时时啼笑皆非的容颜吗？

南枝春早
二〇二一年一月二十三日

　　大寒后三日，乍暖还寒，去朋友家看开得盛茂繁华的梅花。

　　远远即可闻到风里一缕一缕梅花独特的香气，清雅淡远，不黏腻，也不甜熟，那么孤傲，又那么谦逊安静，自有品格，果然与其他香花不同。人的嗅觉可以分辨一万多种气味，喜悦、忧伤、烦恼、领悟，舍与不舍，都像是情感层次丰富的气味。

　　国破家亡，他一个人走在山里，仿佛追随一种气味，最后可以独自来到荒山绝域，遇到一树梅花盛放，闻到远远近近风里若有若无的香，忽然像懂了什么，气味常常是身体里最深的开示。

　　大概是累世的缘分吧，久远劫来，闻到那孤独世界里弃绝哭笑尘俗的气息，闻到那在家国之外也还自有存在品格的气息。闻嗅到了，那亡国的画家，也只是拿起笔来，淡淡画了一幅《南枝春早图》。

　　《南枝春早图》意外随战乱颠沛流离，最后落脚在岛屿，有人看见，有人看不见。落脚在那里也好，画家如果知道，大概也只是淡淡一笑，只有他知道，真正的梅花会开在哪里。

　　曾经写过题梅花的句子"水作精神玉作魂"，今日又见此花，仍然如水如玉，还是元章画里的精神魂魄。我想在每一朵花前伫立，静静认一认自己的前生。

　　元章自己说的是"不要人夸好颜色，只流清气满乾坤"，元章无恙，无言，合十。

030

寒绯

二〇二一年一月二十五日

　　寒绯，也有人称为绯寒，是一月下旬大寒至立春间开的樱花。

　　颜色像山樱，花瓣复瓣，比山樱大，三四朵一簇，远看一片绯红烟霞，近看花朵嫣然宛转，形色都好。

　　形容红色的字很多，"赤""彤""绛""酡"都是不同深浅色温的红。

　　大寒节气里，"绯寒"像《红楼梦》宝玉生日宴上醉后的芳官，少女脸颊上的酡红，也是"绯"。这个汉字倒是在日本与"寒"结合，用来命名早春的樱花。"寒绯"像一段俳句。

032

三栈溪

二〇二一年一月二十八日

三栈溪口，远眺太鲁阁大山，如驼峰耸峙，云岚变灭，最是壮丽雄大。

有朋友从国外回来，找到三栈溪口，落了脚，种了很多果树，也养了羊和鸡。羊繁殖，很快家里就热闹了起来。

三栈溪口风景绝美，但也是要有这样"鸡飞狗跳"的人家，风景也才有了日常人情的温度吧。

我去三栈溪，朋友不在，隔着玻璃看到窗明几净，有寻常人家平静的岁月无惊。

三栈溪

034

砂卡礑

二〇二一年一月三十日

好多年没有走砂卡礑步道了。岩壁上还是地壳挤压顽强的皱皱肌理，告诉我几亿年来山石俯仰顿挫的故事。

水还是这样婉转缠绵，有时激流奔湍，飞瀑澎湃，如歌如泣，有时静定澄澈如眼前的深潭，可以细数水底石粒，可以如一明镜，映照大千，芸芸众生都一一走过，或哭或笑，或悲或喜。明镜如此，无动于衷，没有褒贬，只是让你看到自己。

三十年前在这里看到自己，三十年后大寒时节又与自己不期而遇。

036

流浪狗

二〇二一年一月三十一日

非常蓝的海边

三只流浪狗跑过

它们听到的涛声

是几亿年前一条鱼的记忆

重复又重复

我们说过的话

荒废成海的声音

很深情缠绵

却也无比空洞

其实遗忘比较好

鱼的遗忘

或者，狗的遗忘

或者，大海的遗忘

在许多次轮回之后

终于懂了一点因果

涛声总是周而复始

脚步后

每一粒石子

都是遗憾

不是拾起，就是丢弃

038

春消息
二〇二一年二月二日

即将立春了，许多去山里的朋友都说今年梅花开得特别好。

多年前去鹿野鸾山部落，看到几处梅树林。最初是为了梅子果实的经济价值开辟的，近来梅子价格跌落，梅林也就荒废。大寒前后，一阵寒流，够冷，太阳一出来，天晴了，我纪念起这片梅林，便再次驱车到了鸾山。

荒山野林，果然寒暖交叠，逼出了一大片漫无边际白花花的梅花。走进这无人管理、废弃的梅花林，梅花盛放，千朵万朵，香味四处流荡。微微的风里，花瓣自开自落，偶然一阵强一点的风来，花片就像雪片，飞扬飘洒，时聚时散，在风里回旋。

想起流落在华盛顿亚洲弗利尔美术馆元朝邹复雷的一张《春消息》，一张长卷，梅花盛开，卷尾拖带一支梅梢，果然是捎来最早的春天的消息。元朝画家都爱画梅花，亡国灭族之后，知道严寒凛冽终究要过去，寄望春天已在梢头。

鸾山布农部落多年来努力保护传统自然领域，与外来财团恶质开发污染对抗，维护了土地山林的纯净。曾经随他们祭告祖灵，也如"春消息"，一瓣馨香，都有清气常在乾坤。

祝愿

二〇二一年二月三日

二〇二一年二月三日，夜晚十时许交第一个节气立春。

长久以来，立春都有许多仪式，如撒豆跳傩，祓除邪秽灾厄，祈祝一年平安吉祥。

每个人可以有自己祈福除秽的仪式吧……

今天清晨知本清觉寺礼佛，见栀子花初绽，洁净无染，清香淡远，我便以此为立春的礼物吧……

祝愿山，祝愿海，祝愿大地与长河……

祝愿伤痛、恐惧、疫病远去，祝愿嗔恨仇怨和解，祝愿罪愆业报消除，祝愿心无挂碍，无口舌是非，无痴爱缠缚……

祝愿逝者解脱，存者都无恙……

大劫难大灾厄或许无幸免，但愿一朵花前单纯的告解，一念之诚，可否是众多颠倒梦想的救赎？

苦楝之一
二〇二一年二月五日

　　立春后二日，在花莲港附近的步道散步，步道两侧多高大苦楝树。

　　很开心看到今年的苦楝刚冒出的新叶还稀疏幼嫩，但的确是早春的新叶了，在阳光下发亮，令人喜悦。

　　枯枝上还悬吊着上一个冬天没有落尽的苦苓子。

　　应该再过两星期，到二月底，树梢就会布满绿叶，那时粉紫色的苦楝花也要在春风里摇曳成一片吧。

　　可以期待，那时走在这步道的行人，都会四处张望，寻找暖风里的花香从哪里来吧……

046

林投
二〇二一年二月七日

　　二〇〇九年，我曾经在花莲师院旧校区住了一年，当时这所一九四七年就成立的师范学院已经合并入东华大学。

　　东华大学校长带我看了寿丰新校区，也邀请我驻新校区。但我最后还是决定住在美仑的旧校区。

　　东华建校之初，我知道邀请了美国著名建筑师设计，他在台湾停留不久就回美国，他的团队在电脑上规划了一个山海环境都美丽的新校园。

　　但我对建筑有偏执，总觉得人的建筑应该和自然对话。自然是风，是日照，是山，也是海，其实也就是传统说的"风水"，不是电脑绘图就能设计得体贴的。

　　美仑旧校区的建筑很简朴，离我喜爱的三栈溪太鲁阁不远，到七星潭海边也只是十分钟，何况校园有超过半世纪岁月的印度紫檀和巨大凤凰木。学生老师多因合并离开，去了东华新校区。那一年旧校区也特别宁静，走路看书画画都好。

048

　　黄昏后我常去一处叫四八高地的军事基地走路。四八有高墙围着，看不见里面，但偶尔会听到像是靶场的射击声。沿着围墙规划了一条自行车步道，向下走约莫半小时就看到七星潭海边，可以听着涛声一直到入夜繁星满天。

　　这条步道沿路都是黄槿、海桐、林投这些海岸植物，保持了原始的自然景观。

　　林投是我童年熟悉的植物，淡水河沿岸早期也多是野生密密的林投树林。林投树枝茎扭曲，丛生的叶片都有坚硬的利刺，像刀戟一样。叶片枯黄就像披头散发鬼怪故事中的女人，夜晚风吹，极其恐怖。

　　林投姐的传说是台湾民间流传最广远的故事，故事细节版本不一，但林投姐是冤屈绝望在这样的树林中上吊死的，她的鬼魂也始终在这样的树林间徘徊。她总是手里撑一把黑雨伞，等船来，要渡去无主魂魄的向往之地。

　　小时候在林投树林玩，摘凤梨般的林投果当球踢，但还是不解，这样的矮树林投姐要怎样上吊？她走进树林，身体已经被剑戟一样的叶丛割得遍体鳞伤吧。

　　童年听林投姐故事有着说不出的凄怆。是多么忧苦的怨恨，会使魂魄始终不得散去解脱呢？

　　童年河岸是遗弃猫狗死尸的地方。每次靠近林投树林，风里就弥漫着垂吊或漂流在树林里猫狗尸体腐烂的臭味，像是冤屈不散的亡魂仍然苦苦追索前世的冤亲债主。

　　今日阳光亮丽，每一株林投树都在蔚蓝的天空下发亮，第一次看到这么愉悦健康的林投树。冤屈或可逝去吧，岛屿的野悍的生命，在惊涛骇浪的海滨，或可以丢弃那黑雨伞庇护的悲情，有更顽强迎向大风大浪的豪迈之气吧！

岁月无惊　　　　立春

新画

二〇二一年二月十一日

旧历年前，纵谷农家忙着插秧，今年立春早，农民必须在年前赶着把秧插完，因为育苗场也要有一星期的年假。

有几块田已插好秧，幼嫩青翠到令人不忍的小小秧芽在阳光下发亮闪耀，是都会里很难体会的标记着立春的欣悦。

我在一张二百四十厘米的画布上画着上一个秋天纵谷的芒花，起伏的山岭在湛蓝的天空下一片干净的秋光。

那是上一个白露到霜降时节纵谷的风景记忆，那时心里有许多对疫情中逝者与罹患者的惦念。现在一样，除了祝祷，也不知可以再做一点什么。

插秧后的农田盼着雨水，再过一星期节气就是雨水了。窗外雨声不断，湿冷寒凉，但相信这不断的雨声是纵谷农民喜欢听到的吧！

除夕，合十敬拜天地，众生无恙。

052

台北的天空

二〇二一年二月十三日

　　是春天了，乍暖还寒，时雨时晴，残冬的枯枝，与初春刚发芽新绿的嫩叶，同时并存着。一切都在交替，旧的和新的，残红和新绿，如同我们自己身体的新陈代谢，如同今日台北的天空，云朵四处飞扬，倏忽明，倏忽暗。

　　我能理解更替的意义吗？我能理解自己生命的青春到衰老，死与生的更替吗？

　　我们能理解一整个族群基因的传递、更换、突变或努力延续的意义吗？

　　"倏""忽"是《庄子·应帝王》神话里两个名字。"倏""忽"都是瞬间逝去的时间，它们想送"混沌"礼物，送的是生命的七窍，"日凿一窍，七日，混沌死"。

庄子说了一个有关永恒的哀伤故事。

这是我熟悉的台北初春的天空，也是许许多多城市此时此刻更换自己面貌的天空。跟每一根枯枝、每一片败叶说再见，跟每一簇新芽、每一朵花苞蓓蕾说早安。季节是我们的季节，每翻一页，都是一次更新；天空是我们的天空，它看着你青春，也看着你衰老，看着死亡，也看着诞生。

新年前后众生都走向庙宇，向诸神佛祈求平安庇佑。众生各有忧喜悲欢，一路走去，有坎坷，有颠簸，有起有伏，路上偶然平安，便是最大的祝愿。

疫病围绕，仰视浮云，祝愿我们的城市，我们的天空，平安如此，开阔如此，明亮豁达如此。

054

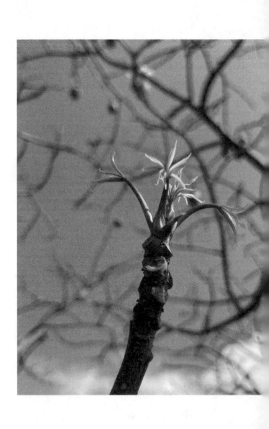

木棉

二〇二一年二月十五日

　　木棉花季还早，但是河岸向阳的几株木棉都发芽了。在冬天的秃枝梢头透露出腼腆还有点羞涩最早的嫩叶。

　　清晨映着阳光，那初春才有的新绿让人欢欣。

　　木棉一年四季有不同的面貌，四月左右花叶扶疏茂盛，尤其是艳红绛橘色的花朵，大朵大朵，开满一树，像是热烈的火焰，尽情燃烧，明艳招摇，引路人指点赞叹。

　　这个时节，整株木棉都还是秃枝，只有这微小的嫩芽，从长长的睡眠中醒来了，探头探脑，在新年的阳光里舒展身体。它伸了一个懒腰，打完呵欠，不再胆怯，决定好好舒展自己，面对这一片浩大的春光。

056

香楠

二〇二一年二月十六日

　　朋友家在山上，院子里有一棵颇有年岁的香楠树。即使很平凡的树，够老了，就有奇磔的姿态，雍容大气，有一种看惯了风吹雨打、日升月恒的静定自在。

　　一阵子没看到这棵树，就会十分想念。

　　初春朋友邀约，便开心上山。走在山路上，心里想的是那一株香楠，一年多不见了，是否仍然宽裕繁盛，绿叶成荫，覆盖广远。

　　主人知道我惦记这棵香楠，一开门就说："你一定高兴，香楠开花了。"

　　啊，来这么多次，倒是第一次遇到香楠开花。

　　好像是好朋友家有喜事，添了孙子，满心欢喜。我便凑近看香楠的花，一簇一簇淡淡的浅绿青黄，和新发的嫩叶的绿掺杂在一起，并不十分显眼，但是一棵大树开满了这样的小花，也很壮观。

香楠

香楠是硬木，因为质地够坚硬，常常被选来做建筑材料，古代上好的栋梁、棺椁，都用楠木。兰屿达悟人的拼板船用楠木，可以雕刻美丽繁复花纹。台湾民间做糕饼的模块，也看上楠木质地纹理细致，用来刻出各种模具的花样。

香楠的树皮有黏液，可以做寺庙线香的黏合剂。在祭祀神佛俎豆馨香之间，香楠气味也随心念之诚化作一缕袅袅青烟升去天际。

初次见香楠开花，仿佛有众生托付，心中默祷：此年此月，开春吉语，见香楠开花，可以除灾疫，避邪秽，无咎无凶。

雨水

水田
二〇二一年二月十九日

　　节气雨水，想念起纵谷一片等待插秧的水田。

　　曾经在年前偶然经过，看到一片还未插秧的水田，我向车窗外祝福。

　　土块翻耘过好几次；耘完的田，慢慢从水圳引来了水。水渗透田土，让田土像适合受胎的母体。

　　田土从干硬变得柔软了，田土从冰冷变温暖了，田土湿润细致，适合植入幼嫩的秧苗，适合让胚胎着床，适合生命落土生根。

　　春光烂漫，我要回去看一片阳光下新翠的风景。

水田

061

斜成夕阳

二〇二一年二月二十一日

雨水才过

将要惊蛰

春光甚好

看花和新叶归来

犹记得蝴蝶追踪斑斓

记得气味缤纷

恍惚是上古洪荒的天上星辰

无以命名

青埂峰下

也只是一块顽石

修行还早

醒悟也还早

繁华还早

幻灭也还早

室内留一片和暖日照

依窗的位置

和自己一起

可以坐卧小寐

梦中喝过酒

梦中哭过

醒来后就看着睡梦的田野

看着不知名的病毒微笑

悄悄走过

回忆都在身边

历历在目

随手可得

像图书一册一册编目列管

归档完成

搁置书架上

不再翻阅

不再触碰

应该有一部关于遗忘的文明史

如同疫病大劫难过后

一个一个死亡的长长名册

最真实的历史不过只是证据确凿的

死亡名单吧?

文明过后

图书馆就设在废墟

历来帝国的编号索码

就是：废墟一、废墟二、废墟三……

可以排列到一百、一千、一万、千万……

一个下午没有做什么

喝一杯茶

茶水中有春风摇晃树影

慢慢等日光斜成夕阳

066

红花风铃木
二〇二一年二月二十二日

　　植物园一株高大的红花风铃木盛开了，远远衬着一片蓝天，分外明艳醒目。

　　许多人绕小径走近来看，树下恰是一池塘，水面上也漂浮落花。

　　这烂漫春色无边，从天上坠落，浮荡水中，远飏四处草地，"花谢花飞飞满天"，使人想起《红楼梦》第二十八回前后大观园的青春盛事，宝玉偷看禁书《会真记》，黛玉自擎花锄，埋葬她的落花。

　　只是初春，风铃木还未像台南开到如火如荼，岛屿南端的花之盛宴或许让所有生命的肉身都蠢蠢欲动吧……

　　就要惊蛰了，等待睡梦里被一声炸响的春雷霹雳惊醒。沉睡蛹眠蛰伏的身体都要苏醒，磨墨写年轻时的诗句，向春天致敬：

此生是蛹

来世要化作遍山的蝴蝶

此生是种子

来世要飞成漫天的花絮

068

留白

二〇二一年二月二十四日

淡淡的初春,城市里最容易看到的是杜鹃,红紫的、橘色的、白色的。路边安全岛上、公园里、校园中,无所不在,姹紫嫣红,开得一丛一丛,密密麻麻,像是满溢出来的春天的魂魄,流荡成都市的花之河,花之海。

最常看到的花,却也可能是最不容易被注意到的花吧。

开得太茂密了,挤成一堆,有时候反而会忽略单一一朵的花形。很难用古典写实的方法写生一朵杜鹃,也许更适合印象派色彩与光影大片的错综挥洒。如同这一丛杜鹃,我看到的是不同层次在光影幻变中白色的迷离,带着淡青浅绿的白、灰阶的白,被阳光照到特别明亮的雪白、滢白,也有偏暖色系带着一点黄的米白、乳白……

白色不是一个扁平的字,白色在视网膜上有四百种,占色谱的最大幅度。白很近似镜子,反映各种颜色:反映蓝,是月白;反映红,是粉白。珍珠白和玉色的白,也反映不同色温的光。白又不完全是镜子,反映各种色相,却没有失去自我。

070

"白"和不同文字组合成千变万化的词汇，颜料里的锌白、钛白、银白，蛤粉、胡粉之白，也许都不如在春日阳光下细看这一丛杜鹃，可以领悟张若虚"空里流霜"的白，或者"汀上白沙看不见"的白。"看不见"是白在视觉上的极限吗？月光里的飞霜，月光下的白沙，都是视觉的空无了。

"白"在东方美术里从视觉转向内在的心境，宋代画面上出现"留白"。"留白"是不画，但是比"画"更重要的存在。领悟了画面如同生命，都不要塞满，留一点空间，多一点余裕。

"留白"是心境上的空白，像一个房间，摆置家具是"有"，不放家具是"空"。我们行走坐卧，有时"有"，有时"空"。

王维诗"江流天地外"，是视觉的空白，王维诗"山色有无中"，也是视觉的空白。"此时无声胜有声"是听觉的留白，"淡"是味觉的留白，"解脱"会不会是触觉的留白？

松风过处，我向往浓郁花香过后嗅觉上的留白。

事件堆叠，记忆太多，是非纷纭，我向往的留白会是遗忘吗？

"五色令人目盲，五音令人耳聋"，老子很早就提醒了感官泛滥的危险；"驰骋畋猎令人心发狂"，我们目迷五色之后还找得回心灵的留白吗？有一天，爱恨过后，我希望能懂"舍"是"不舍"的留白。

看了很久的这一丛杜鹃，日影移转，仿佛我的视觉也是执着了。

是的，"舍"是"不舍"的留白。

072

圆满

二〇二一年二月二十七日

圆圆的一轮明月从海边的树梢升起。

辛丑年的第一次月圆，传统民间的灯节，上元节，元宵节，许多愿望，许多祝福，在这一天祈祝一年的圆满。像这一轮明月，是从一日一日的残缺慢慢积累盈满，成就一次月圆。

生命的圆满也是包容着许许多多的残缺遗憾吧。把残缺留着，把遗憾留着，有一天，拼拼凑凑，就会是完美的圆满。

记得包容，记得原谅，残缺、遗憾，也就都能成就圆满。

圆满

大叶榄仁

二〇二一年三月一日

　　台湾山野海边常常看到的原生种大叶榄仁树，都市渐渐看不见了。

　　都市的行道树多是秀气优雅的细叶榄仁，春天发翠绿嫩叶也很好看。但我更喜欢乡野海域的大叶榄仁，它们像流浪狗，生命力强韧，耐风、耐盐、耐烈日炙晒，野生野长，不需要人类过度呵护娇养。

　　大叶榄仁树长到十几米高，枝茎宽阔蔓延，如伞张开，树叶有巴掌大，风吹时哗啦哗啦响，层层叠叠的浓荫，也是夏日遮阳庇护的好所在。城市里慢慢不见大叶榄仁踪影，不知是否因为它的枝茎芜杂蔓延、落叶难清扫整理，没有行道树的规矩。

野生植物动物不是宠物，它们自有在大自然中存活的生态信仰，它们原本不是要遵守人类规定的秩序。

大叶榄仁花期过了，会结形状像橄榄却略大的果实，这也是"榄仁"命名的来源吧。

冬天的榄仁树，叶子会变红脱落。据说脱落的红叶煮汁泡茶可以治热毒，我没试过，但常看到乡下有人捡拾。

上一个冬天够冷，岛屿东南海隅的榄仁树叶子全脱落尽了，只剩结构齐整如繁复灯台的秃枝。

过了雨水，初春天气回暖，秃枝上开始冒出带着一点嫩红的绿色新叶，生气昂然，每一朵都像是神的祝福，这样欣悦欢乐。

都会文明有都会文明的便利，四季依赖空调冷暖气，自己把自己豢养成了宠物，太过娇养。偶然走到野外，天地宽阔，海风吹拂，看春天野生植物如何用这样大气华丽的方式迎接春天，令人赞叹警醒。

眼睛

二〇二一年三月四日

好久蒙着口罩

只看到眼睛

纵谷微雨

细雨如雾的眼睛

刚刚插秧的水田

干渴的溪流

岩石上的青苔

才冒出新嫩叶的树

枯黄的草

干裂冻硬的土地

也都睁开大大小小蒙懂的眼睛

抬头看雨

或者还有我看不到的

078

从冬眠里醒来的蛇

慢慢攀爬的甲虫

蝴蝶飞蛾正羽化的蛹

蠕动的蚯蚓和蜗牛

破壳而出的凤头苍鹰的雏鸟

整座山

大地长河

有多少刚刚醒过来的眼睛

望着雾蒙蒙的细雨

沐浴春天的温暖

在微雨里喜悦微笑

这是初春

飞雨如丝

无声无息

轻拂大地

润泽万物

把恩宠和祝福带到四处

滋养无所不在的生命

每一个春天都是最后一次春天

戴着口罩

看不到全貌的时代

知道要告别

却迟迟舍不得告别

期待有许多眼睛

大大小小的眼睛

看着每一年这时候的春天

看着纵谷微雨

看着微雨里万物的苏醒

拿掉口罩

向春天致敬

惊蛰

082

苦楝之二

二〇二一年三月九日

　　惊蛰后岛屿的苦楝陆续开了，开得最让我惊叹的还是东部几株有岁月
的老苦楝树。

　　生长在不会被"修剪"威胁的空间，枝茎可以任意伸展，没有拘束，
没有委屈。开成饱满的圆形，像一顶皇冠，装饰着满满的浅粉色如珠钻般
花朵，一簇一簇，阳光下闪闪发亮。

　　最早人类的王，就是从一株春天满开的树形有了皇冠的联想吧？可惜
人类历史上还没有任何一顶镶满珠宝的皇冠比得上一株春天开花的树。真正
的帝王，应该是把春天的花当成冠冕吧，当成自己的冠冕，也当成众生的冠
冕，知道生命当如此受祝福宠爱。

　　东部那株盛大的苦楝树，我在树下享受花香，落英缤纷，觉得美，但
是拍不好，总觉得拍不出一整棵树的富丽圆满。

　　美浓龙肚小学的福裕传来他拍的校园苦楝，那是有百年历史的老学校。
福裕也是爱花的人，我们常传送花朵的讯息，我不认识的花草蝴蝶，也都会
问他。征得他同意就用美浓的苦楝花开做这一个春天给大家的祝福。

　　在台东康乐小学，也看到今年苦楝花的盛放。

错过

二〇二一年三月十一日

　　朋友家阳台的白流苏前天盛开，她开心地放了自己一天假，在家里陪伴只有一星期的花期。今天她又告诉我：提前回家看花。

　　我们一生可能错过很多事，错过一个春天的花季，错过应该陪伴的人，错过跟怨仇的朋友说一声抱歉，错过和关心的人说谢谢……

　　是的，我们错过了很多事，像小津安二郎《东京物语》里的儿子，因为放不下铁路局的好职业，错过了回家乡陪伴母亲临终。

我们错过了很多事，因为觉得还有别的事更重要。二〇二〇年一月底去伦敦，排了满满的计划，二月初去南非好望角，二月底绝不能错过比利时根特博物馆难得一见的"扬·凡·艾克：光学革命"大展，三月要看巴黎皮娜·鲍什久未演出的《蓝胡子》，四月要去向往已久的意大利一个岛上的小村庄……每一个计划都很重要，每一个计划都不能错过，错过了终生遗憾。

然而，疫病快速蔓延，每一个觉得可以置身事外的地区——卷入，无一幸免……一年里两百多万人死亡，数千万人感染，亲人与亲人不能相见。

第一次这样当头棒喝，如果死亡近在咫尺，什么才是终生遗憾的事。我们活着，错过了什么？

这个春天这样美丽，这个花季如此绚烂。仿佛因为幸存，不想再错过这个春天，不想再错过每年都如期忠实绽放的家门口或公园里的花期。

还有更重要的事吗？想去跟怨仇的人说抱歉，想跟错过的事说抱歉，想跟许多错过的每一年的春天说抱歉……

城市媒体有时唠叨着许多琐碎的事。也许，我的朋友是对的，阳台上白流苏盛开是一件大事，值得放自己一天的假，在花前沏茶，看书，或喝一杯小酒。

卿卿
二〇二一年三月十六日

　　城市公园的这棵颇有岁月的白流苏，一到春天，总是开得富丽圆满。也因为靠近医院，春天晴日，许多住院病患也来公园赏花，或刚动手术，还揳着引流管的瓶子，或坐着轮椅，艰难肉身，蹒跚来到树下。抬头看花，也都恍惚看到或想到了自己青春健康的时日，不觉在苍老憔悴里有了一丝微笑。

　　十年前住过一次医院，很感谢这棵树的陪伴。每年的惊蛰春分前后，都会来树下致意。适逢旧历二月二日❶，也顺便到离树很近的土地庙去给生日的福德正神行礼。长久以来，民间怀念感谢的是土地，也是这些经历过许多岁月风霜的树吧。

　　曾经在南方某处祭拜花神的庙里看到一副印象深刻的长联：

　　风风雨雨寒寒暖暖处处寻寻觅觅

　　莺莺燕燕花花叶叶卿卿暮暮朝朝

---

❶ 为此文发布之日前二日，即二〇二一年三月十四日。——编者注

　　联语全用叠韵，而这样自然，风雨寒暖，莺燕花叶，一生处处寻觅，也只是想与"卿卿"相陪伴，暮暮朝朝。这"卿卿"隐晦，或许是人，或许是年年复年年的花期吧。

　　春分前五日我照例绕到公园，花如期盛开了，但不知是什么原因，或许生病，有一侧枝干剪除了，今年的花开的树形没有往年那样盛大。但是树下还是来了很多人，他们也有合十敬拜的，或许病痛时来过，痊愈了，就年年记得花期，记得致谢感恩。

爱鸟，何不多种树？

二〇二一年三月十七日

　　清晨被鸟雀的啁啾吵醒，比听着音乐醒来还开心。

　　艺术其实若没有大自然的色彩声音做基底，毕竟好像少了什么。听天籁比听人籁重要，山间明月，江上清风，开启听觉，也开启视觉，应该时时感受。只进音乐厅，只进美术馆毕竟容易局限了自己的视觉与听觉。

"美术"二字耐人寻味。"术"是技术，技术千万，未必成就一"美"；被"技术"捆绑，更无成就"美"的可能。学院只重技术，没有"美"的引领，创作便无生命可言；艺术趋附政治权威，艺术受市场操控，美术馆失丧了艺术真正的核心价值，早已与"美"绝缘，距离十万八千里。

你在美术馆看到美了吗？还是你想回来听一听江上清风，看一看山间明月。

一树的鸟，各自像独立的音符，在枝梢跳跃移动，谱写着春天破晓晨光的交响诗，白居易写《琵琶行》之前应该听过，贝多芬谱曲《田园》之前也应该听过。

郑板桥有一篇重要的文章《鸟赋》，直说他厌恶把鸟关在笼子里，他非常重要的观点是：爱鸟，何不多种树？这是十八世纪清代伟大的人性启蒙思想，与欧洲同时卢梭等人的"生而自由"的哲学启蒙运动相互辉映。

今天处处是受工业都会资本政治与市场钳制的"艺术"，处处是虚假伪造的"文化"潮流，学院推波助澜，制造各式各样把鸟关在笼子里的"审美"。

此时此刻，读一读郑板桥的《鸟赋》，也还是可以读懂一句可贵的警语："爱鸟，何不多种树？"

垂枝茉莉

二〇二一年三月十九日

　　城市中心区的一家书店，有很好的咖啡、点心，一个下午可以静静看着书。有时漫不经心，看午后日影在许多盆栽的花上移动，不疾不徐，像我们自己在岁月中缓缓流逝的生命，没有特别喜悦，也没有特别感伤。

　　书店员工很细心照顾每一株植物，最近一盆垂枝茉莉盛放，白色的花，一串一串，像涓涓瀑布，倾泻而下。过路的行人也注意到，停下脚步，来到花前赞叹。

　　人生或许沉重黯淡，停下来看花的人，可以暂时走出沉重黯淡，仿佛忽然看到自己生命在时光流逝中却也一时绽放了如烟花般华丽的光。

春分

欧修士的花园

二〇二一年三月二十四日

　　台东圣母医院有非常迷人的花园，各种原生和外来品种的植物花草，分门别类，都有牌子注明拉丁文和汉字的名字。

　　欧洲的传统修道院通常也都有很专业的花园。花园不只是观赏，修道院依靠这些植物生活，有些是日常生活食用的蔬菜水果，有些是药用植物，薰衣草、迷迭香、马鞭草，有的舒缓情绪，有的安神，至今也还在欧洲人的生活里有实际影响。

　　一个花园可以清楚看到后面管理经营者的用心。许多人知道现在仍带领台东人登山、关心环境保护的欧思定修士（Brother Augustin Büchel）。我走在他经营近六十年的花园里，让我看到他如花木一样芬芳的生命情操。

096

一九六三年，欧修士二十七岁，从瑞士来到中国台湾，不只在圣母医院服务病患，也用将近六十年的时间在台东种植研发各种花草树木。我想称这个花园为"欧思定花园"，可是我想他只愿意花园用来荣耀"圣母"，荣耀他心中的信仰。

花园一畦一畦的花圃，有的是药用植物，有的供观赏，有的是台湾原生品种，有的是外来引进。一个花园可以看到经营者的品格教养，勤劳细心，有恒心毅力，有笃定的信仰，却又包容而且温和。如同我注视了很久的四季桃喜圣诞红，原产墨西哥，却是很受欢迎的新品种园艺植物。

色彩和形状都让我想到敦煌壁画常出现的宝相花图案，像菩提叶的单片叶瓣，组合成富裕圆满的图案，桃红的渐层像少女喝了酒以后脸上晕开的酡红，艳而娇羞，这样贵重华丽，又这样温暖谦和，也许就是花园主人的品行吧。很适合用来做祝福的图像，喜气、圆满、吉祥，可以给人间带来福分，袚除灾厄，忘了忧伤。

　　花园有台湾民间习惯的三叶五加，煮茶可以活血通经络，也有西方常用的马鞭草，饭后可以舒缓神经。在花园走了一圈，感佩一个异乡人用六十年时间落地生根、开花结果的踏实经验。

　　花园有水池，水生植物如莲花菱叶漂浮水上。这个季节，池边正好鸢尾花盛放，粉紫嫩黄，水光潋滟，让我想起法国著名的吉凡尼的莫奈花园，而欧思定花园对我似乎更亲切平实，近在身边，可以一步一步走进去，认识一个深邃的心灵世界。

098

榕树公

二〇二一年三月二十七日

　　池上稻田旁有土地公庙，庙旁有一棵大榕树。村民们在树下立了一座大约一米见方的小庙，庙里供奉"榕树公"牌位，有一只香炉，四时祭拜。

　　农村对大树都当作神祭拜，自然不会随便砍伐。民间信仰有民间信仰的因果，尊重四时，尊重土地，尊重自然。

　　人类如此破坏大自然，森林遭破坏，天地失了循环的平衡，气候变迁，海水上涨，该下雨的季节不下雨，原来水源充沛的地区开始干旱。

　　每四年一次的选举造就许多短视政客，嚣张跋扈，夸夸其谈。然而水坝水库的兴建，不是空口说白话，水源的开辟储蓄，都不是四年的事，森林的护育，更是百年大业，四年的短视政客如何解决？

　　众生要开始受缺水的痛苦了，能不能回头省悟我们曾经如何糟蹋自然、破坏自然？我长大的台北市，半世纪间有多少老树消失？有多少水圳水渠消失？有多少溪流干涸？

　　"风调雨顺"挂在家门口，是数千年来家家户户的祈愿，也是提醒。然而现在可以为了四年短视的经济利益，破坏数千年才形成的自然生态。大自然要反扑了，森林大火、干旱缺水、大地干涸、雾霾笼罩、海洋污染……一边继续破坏自然，一边喊缺水，我们不知道天地的因果吗？

　　希望能在这小小的榕树公祭拜前低头反思，传统农村敬天敬地、尊重自然生命的态度，是不是应该重新被重视的智慧？

100

清明

二〇二一年三月二十九日

即将清明

寺庙有诵经声

山里细雨纷纷

雨中犹自静静绽放山茶花

花瓣上流着仿佛宿世的忧伤

要到哪里去转世轮回?

几世修行

可以成为清明的一朵花

每一朵都像你的魂魄

屡次梦中回来

记得卿卿呼唤

记得飞雨落花

记得拭泪微笑不语

清明

解脱是蜕去了不难放下的恨

解脱是蜕去了不容易忘记的爱

恨怨是纠缠

爱是更难解开的纠缠吧……

清明，原来是清净洁白明亮无染

在人间的祭奠里

不管长长的思念

不管长长的遗忘

最终，雨霁天晴

泪都从花瓣滑落

只有微笑

端坐佛堂之上

灯

二〇二一年三月三十一日

大里菩萨寺

佛前一盏灯

铜掐丝底座

鎏金反瓣莲花

嵌青金石七宝

香油海钵

一焰荧荧

般若光明

一焰荧荧

可分千焰

一灯荧荧

可燃千灯

合掌顶礼

千焰千灯

光明般若

永续无尽

清明

十字——悼台铁罹难者

二〇二一年四月五日

台东圣母医院教堂

墙壁上的十字架

最简单的符号

水平与垂直相遇

不言不语

超过半世纪

在安静的墙上

曾经有多少人来过

曾经是多少人的寄托

痛苦的时候

忧伤的时候

无助的时候

绝望的时候

来到这里

听神的声音

听自己心灵的声音

最简单的符号

分担你的痛苦

了解你的忧伤

最简单的符号

陪伴你度过无助

陪伴你度过绝望

肉身逝去

魂魄归来

简单的两条线

空间与时间相遇

无言无语

度一切苦厄

108

红藜

二〇二一年四月八日

东部的红藜成熟了，嫩青赭黄的穗逐渐转成鲜艳美丽的桃红，有的红如珊瑚，有的红如血，缤纷的色彩，一串一串，长长的，在风中飘拂，像伽路兰海滨朝日彤云，也像都兰山返照晚霞的金赤熠耀。

红藜田旁也有一片小米田，种植的朋友很开心，告诉我："再过一星期就可以采收了。"辛劳的都有辛劳的回报，他们也不驱赶来啄食的小鸟，他们笑着说："我们吃小鸟吃剩的。"

痛可以分担，笑容喜悦也可以分享；天无私覆，地无私载，生命并不孤单。

受痛苦的身体也回来受这红藜的祝福吗？

110

花旗木
二〇二一年四月十一日

鹿野山边一处花旗树林花朵开到满盛了。

一大片明亮的深深浅浅的粉红，远看像吉野樱，近看时花朵比吉野樱大些，单瓣，花心吐出很长的黄色蕊丝。

花旗木的花蕾颜色红艳，绽开以后，色泽转淡，近于粉白。花朵很密，深红浅红，层层叠叠，在春光里随风摇曳。部落少年骑车上学经过，也脱帽欢呼"hole"，好像打赢了一场棒球。

上一次看盛大的花旗木是在清迈的素帖山上，山路两旁，也是一大片一大片的粉白粉红。当地人说是"樱花"，我知道不是，但花旗木的确也被称为南洋樱花或泰国樱花。"Sakura"成为强势标志，亚洲许多地方也就跟进，失去自己命名的自信了吧？有人说，今年东部雨水少，树木有危机感，因此努力开花繁殖，让生命延续。

最近开得最盛大的是龙眼花和花旗木。

花旗木抽长的枝条上满满的花朵，蜜蜂、蝴蝶、小鸟都来花丛凑热闹。想起杜甫诗里说的"千朵万朵压枝低"，那大概是忧苦家国苍生的杜甫难得喜悦时刻吧。

"留连戏蝶时时舞，自在娇莺恰恰啼。"在黄花间流连忘返，看蝴蝶也看黄莺。杜甫文字太好，"时时舞"与"恰恰啼"都像是眼前实时风景写生。

蝴蝶和黄莺的确也都来了鹿野，和部落早起上学的孩子一样，向这片烂漫缤纷春光欢呼致敬！

112

香遍三千大千

二〇二一年四月十九日

佛前一株盆栽栀子花今日盛开十五朵，一室馨香。

焚一炷香，读吴国支谦译的《佛说梵摩渝经》。

大约一千五百年前，敦煌洞窟一位僧侣小字抄写。原件二十世纪初被带到巴黎，收藏在吉美博物馆。上世纪七十年代，日本二玄社影印出版。

读到"一身分十身，十身分百身，百身分千身，千身分万身，万身分无数身，无数身复还一身"。佛的说法开示像美丽的诗。

栀子花亦如是，香遍三千大千，又复还为一身。

谷雨

116

喜雨
二〇二一年四月二十五日

谷雨后三日，纵谷下雨了。从凤林南下，过瑞穗、到富里，一阵一阵
好雨，稻田的绿色里泛起湿润华丽的光。

前几日干旱，池上人忧虑，梁大哥说："五月一定要有雨，稻谷才长得
饱满。"农民的语言很简单，他们说的是生活里很踏实的经验。

记得苏轼在扶风做官时，也逢干旱，他连续记录了那年旧历四月二日
（乙卯）、十一日（甲子）和十四日（丁卯）的"不雨"。他问同僚："五日
不雨可乎？十日不雨可乎？"得到的答案是："五日不雨无麦。十日不雨无
禾。"当时的干旱缺雨也让做地方长官的苏轼很忧心烦恼吧！

苏轼整治官舍，盖了一座亭子；亭子盖好，正巧下了一场雨，苏轼很
高兴，解了心中忧虑，亭子就命名"喜雨亭"。一千年后，百姓怀念他，读
他写的《喜雨亭记》，因为感念这样的官吏与农民一起为麦禾缺水关心吧。

纵谷今日人人"喜雨"，如同苏轼写《喜雨亭记》当年。

喜雨

118

郁金香

二〇二一年四月二十九日

　　盛放的郁金香，金橙浅绛，如琉璃琥珀的光，花瓣跌宕婉转，细看时也有波澜汹涌、惊涛骇浪的壮阔。

　　一朵花，可以远观，也可以近看，所得不同，领悟也不同。

　　佛以一朵花示现迦叶，他于是微笑了。

蜜香红茶

二〇二一年五月二日

夜宿富里六十石山茶园民宿。

六十石山，"石"有人念"但"，说是早年水田一甲地收六十石稻谷。

民宿主人不以为然，他反问："山这么陡，可能有水田吗？"主人幼时随父母迁来此地，他说八七水灾后，云林一批闽南人前来此地拓荒，所以都以"云闽"为地名。他说的"八七水灾"是上一世纪的台湾史，年轻人大多不知道了。

主人谈起当年摸着石头上山，大约要走两个小时，一路数着石头，所以闽南语"石山"的发音还是"石头"的"石"。

或"但"或"石"，有不同说法，就放在心里参考，不用偏执，急着下结论

现在的六十石山有近三百公顷金针花田，八九月看花人潮汹涌，热闹非凡。

　　我喜欢的是春夏之交的六十石山，人少山静，谷雨立夏之间，云岚烟亭缭绕，可以静观山色瞬息万变。

　　工人透早冒雨在山坡采收春茶，新鲜茶叶放在长条竹制茶笼里烘焙。春天的茶叶的清香，带着雨水、阳光、云雾和风的悠长气味。

　　主人的茶园接近山顶，海拔八百米，一年五收，春天、冬天采的做绿茶，夏季三收都做红茶。有小绿叶蝉咬过，茶叶带蜜香，他就冲一壶蜜香红茶让我品尝。

　　早饭后跟主人喝茶闲聊，门外云雾渐散，大山笃定，六十石山有这样无挂碍的好时光。种茶焙茶之外，主人担任山脚下圣天宫妈祖庙的志工，他搁下茶杯说："今天有外地妈祖来作客会香，我要去忙了。"

　　民间质朴，总有做人的规矩本分。

122

桐花

二〇二一年五月四日

纵谷谷雨立夏之间连着十数天都有雨，农民如愿，刚抽穗的稻禾可以有足够雨水滋养。土地庙前祝愿，希望能持续下到小满，让谷粒成长饱满，可以庆贺一个丰收的大有之年。

六十石山上桐花也盛开，一晚夜雨，次日清晨草地上都是落花。

立夏

不关心

二〇二一年五月七日

六十石山山脚下有祀奉妈祖的圣天宫，宫庙前可以俯瞰山脚下富里一片翠绿平坦水田。

水田尽头远眺中央山脉连绵不断的大山起伏。

这样的视野，这样一望无际大气的风景，是纵谷居民宽阔的胸怀，也是世代绵长的福气。

立夏了，反复想着王维一句诗"万事不关心"。经过战乱屠杀，看过最悲惨痛苦的生存与死亡，从饱受凌辱的死囚牢狱出来，走在辋川山里，诗人终于可以跟自己说"万事不关心"了。

希望能多懂一点王维这句诗的沉重心事，或者，"不关心"是多么大的福气。

两朵闲云有缘到此，悠闲无挂碍，自来自去。

128

盛艳之花

二〇二一年五月十四日

　　一夜雷雨，被霹雳声闪电惊醒。

　　像是东部民间新年祈福，习惯用巨大的火药爆炸来驱赶邪秽恶鬼魍魉妖魔。肉体上的痛很真实，痛到骨髓，也许可以让糊涂紊乱的头脑清楚。

　　清晨雨霁，户外一丛艳红的凤凰花，衬着湛蓝一碧如洗的天空，这样洁净华丽。大气、无私、明亮，决定把生命的美毫无保留全部绽放给世界。

　　不畏缩，不自私，不琐碎忸怩，活着，便应当如此无所畏惧，无所逃避。

　　这是今日看到的南国夏日的盛艳之花。

130

夜合木兰

二〇二一年五月十七日

　　知本清觉寺多香花，除了三十几株桂花在秋冬传送不断的香味之外，这个季节，春末夏初，含笑、玉兰、栀子、茉莉都竞相盛放。

　　平日寺庙僧侣都摘香花供在佛案上，最近几株玉兰都开得太好，几株玉兰树上可以结近百朵花，因此，长在高枝梢头的花，都留着无人采摘，自开自落，引来许多蜜蜂蝴蝶。

　　清晨来礼佛，在大殿前院角落发现一株夜合木兰，开了十数朵，饱满皎洁如月，让人赞叹。

　　夜合木兰也称夜合花，比含笑洁白，也比含笑大，未开时圆而白，像一颗乒乓球，也饱满如中秋月。绽放时，三片浅绿花萼托着六片瓷白的花瓣，姿态低垂，腼腆仿佛欲语还休。

　　夜合木兰是不张扬的花，藏在绿叶间，又低垂着，不容易发现，只有淡淡微香让人走过时不禁回首四处寻找，知道有好花近在身边。常来清觉寺，却第一次发现夜合花开，可见它把自己隐藏得很好。夜合花绽放时间很短，一个清晨过了，树下都是散落的花瓣。

　　在佛殿诵《金刚经》，为众生祈福，看着一地零落花瓣，知道无常，微尘非微尘，世界非世界，心里还是默念："不惊、不怖、不畏。"病毒蔓延，像菩萨显愤怒相，愤怒威慑，三千大千，六亲不认，众生惊慌。想起经文竟真的也说过"众生非众生"。

　　夜合花香，即使零落了，慈悲也一样还是香遍三千大千。一念虔诚，一瓣馨香，或许可以度忧苦，在受威慑惊慌时可以一心安定。

132

结穗

二〇二一年五月十九日

即将小满，稻禾抽穗，穗上谷粒还青嫩，在一片绿意盎然的稻叶间有优雅的弧线，透露着珍贵柔美的光。

这个季节是稻禾色彩最丰富的时候，先插秧的已结穗，后插秧的还很油绿，稻田便有不同层次如翡翠的绿黄青碧的闪烁交错。纵谷每天傍晚入夜，大概都有雨，细雨霏微，雨中散步，身体被雨打着，也仿佛稻穗受雨滋润，垂首感恩。

水圳流水汤汤，那是卑南溪引来的水，上游是新武吕溪，一路穿过大武山的峡谷，穿山越岭，带来含丰沛矿物质的灌溉水源。"源远流长、泽及黎民"，常常在台湾古老庙宇看到的警语，只是现实环境、现实生活的感悟吧。

是的，源远才能流长。小满将至，感谢卑南溪，感谢新武吕溪，感谢大武山中的云雾雨泽。

小满

136

翅荚决明

二〇二一年五月二十一日

　　水圳旁有一株翅荚决明开花了。

　　远远看去，长长的金黄色花束，像一支支黄蜡烛。上端花顶含苞，花从下端陆续绽放。花苞是较沉暗的金铜色，还带一点点的绿。

　　花朵绽放了就是明度非常耀眼的灿烂金黄色，在夏日的阳光里闪闪发亮。翅荚决明的叶子像鸟的翅羽，两片两片对生，真像展翅欲飞。决明好像还是药用植物，花、茎、叶子、种子都可以入药。

　　很高兴小满这天遇到这样鲜艳明亮如火炬燃烧的热情喜悦的花朵，像听到铜管乐里嘹亮高亢，向群众报喜讯的金铜小号。

137

138

云瀑

二〇二一年五月二十三日

　　小满后一日黄昏，在家门口看云瀑壮观。

　　海岸山脉像太平洋的浪，一波一波，到了沿海岸边，挤压的力量让山立起来了，像高高的静止的浪涛，停在那里，还记忆着海洋的起伏荡漾。

　　从太平洋上来的风，把云向西吹，吹到山头，白云翻越过山顶棱线，向下倾泻，形成云瀑。

　　真的像大浪涛上滚滚的白色浪花。

　　大浪滔天，其实是不计较细节的。

140

众鸟欣有托

二〇二一年五月二十四日

　　画室骑楼下有燕子筑巢，有两只刚长成的雏燕。前几天燕子父母还忙着出外觅食，我躲在角落观看喂食雏鸟，不敢惊扰它们。

　　雏燕很快长大了，有人在下面仰头观看，燕子父母还有点警戒。它们衔来一根一根比身体长好几倍的稻草，慢慢掺和泥土，经营出这样可以避风雨、可以养育下一代的居所，人类称为"窝"或"巢"，事实上，是一个"家"。有"家"的愿望，才有了复杂艰难的"建筑"吧。

　　四只燕子寄托的"巢"或"窝"，是多么深沉的生存意义，或许不只是美观的设计吧？"众鸟欣有托，吾亦爱吾庐"，陶渊明是从鸟的"巢""窝"的庇护，了解了应该多么珍惜自己的家，应该多么尊重每一个生命的家。

　　燕子一家平安，疫情全球蔓延。国际媒体刊登一张照片，一个印度孩子染疫，不想传染给家人，就独自栖居在一棵树上。好忧伤的照片，我看了好久。

　　愈来愈看得出来，世界是一个整体，不会侥幸一处好，不顾别的地方好。无论隔多远，有一处病毒蔓延，各地都不会长久安宁。在东晋乱世流离颠沛惶恐不安中生存，陶渊明虚拟了一个"桃花源"，满足生命最低卑的安定的愿望。

　　"众鸟欣有托"，此时此刻，大疫流行，祈愿每个生命的安身与安心。

142

众生

二〇二一年五月二十七日

一朵在高处绽放的丝瓜花，鲜明耀眼欢欣的黄色，透着天光，花瓣里一丝一丝输送养分的脉络清晰可见。

丝瓜需要攀爬蔓延，因此伸展出细而强韧的藤蔓，向四处探索。

很微不足道的平常植物，很强大的求生意志，很坚定的生长与繁殖的欲望。在广阔无私的乡野云天之下，仿佛提醒我不陷落在局促琐碎的纠缠里，此时此刻，只低头为受惊慌、染疫确诊、在隔离受病苦中的生命祝福，岛屿早日度过苦厄。

渴望阳光、渴望水，渴望更充足清新的空气，渴望生长与繁衍，我们与这朵花的愿望并无不同。

从敬重最微小的生命开始，才可能领悟"众生"二字的真正意义吧。

晨起为"众生"读经，读到"实无有众生如来度者"，还是停了很久，为什么佛说得这样笃定？

如果面前这朵花是"众生"，如果我不相识却悬念忧心的染疫者是"众生"，如来也还是说"实无有众生如来度者"吗？

许多困惑，一时无解，草率独断的解答也无意义，也许是这朵花能陪半我度过一时的困惑。

合十，感谢。

144

好风吹来
二〇二一年六月三日

晚餐后，趁着白日余光，走了大约一小时，穿过结穗金黄的稻田，去看田畴平野另一端一棵孤独的树。

风极好，据说是有热带气旋靠近，一阵一阵从南端吹来的风，吹散去一天烈日的炙晒燠热。

蓝天澄净，长云都随风涌向仑天山的山巅。

再过两日就是芒种了。最早插秧的越光米，据说六月五日就要开始收割了。

芒种

莲雾花

二〇二一年六月五日

今日午后酉时节气交芒种，是花神退位的日子。传统的习惯这一日要准备丝线绣的马车，系在花树上，送花神一程。

意大利文艺复兴前期波提切利（Sandro Botticelli）有著名的作品《春》（*La primavera*）。画中歌颂爱神维纳斯，花神（Flora）从一旁姗姗而来，长发袍袖飘拂，一手捧花，一面散布，身上都是繁花。

她安安静静悄悄走来，为生命布告爱与美的来临。

一四八二年，画家用这张画布告花神带来美，也带来爱，带来生命的祝福，结束了沉重压抑、时时瘟疫蔓延的中世纪。花神无言，在人间默默布散繁花，仿佛唯有静默的花的祝福，可以祓除邪秽疠疫，可以降伏烦躁焦虑恐惧仇恨傲慢之心。

安住世间，今天微雨，来树下看庭院莲雾花开。细长蕊丝，颤颤欲飞，渴望繁殖，渴望生命传衍兴荣。大疫流行，心事沉重，许多生命逝去，虽至亲也不能告别。

花前默祷，祈愿逝者存者众生平安，度一切苦厄。

莲雾花

150

及雨及时

二〇二一年六月七日

池上万安村保安宫有楹联：五谷重丰年，及雨及时施德泽。

雨不及时，非旱即涝。雨少，旱；雨多，涝。旱、涝，都是灾难。

农民知道痛痒，时时祝祷"及雨及时"。

前两日喜雨，今日雨霁，快要收成了，看洗净的仑天山与武乐群峰，长云汹涌如浪，大地静定，稻禾上浮着一片翠绿润泽的光。

都市住久了，回到农村，回到土地，才知道"及雨及时"的深刻意义。

端午

二〇二一年六月十四日

　　一夜好雨，清晨走到田里看垂实累累的稻穗，带着露水，或昨晚的雨珠。

　　有些插秧早的田地已经收割。清晨田里走着收割车，飞来大群鹭鸶，跟在车后觅食，叨食被惊扰的虫，收割车嘎嘎作响，这是农忙的季节了。

　　今日端午，众生犹在艰难中，每日死亡不减。连日抄经，仍余一命，愿度苦厄，岁月无惊。

端午

154

火球花

二〇二一年六月十五日

　　邻居农舍门口石蒜科的火球花盛开了。

　　火球花也叫血百合，红绣球，夏日开花，一朵一朵，衬着绿色草地，如喜事悬挂的彩球，艳红饱满，夺目耀眼。

　　火球花红红一团，每一团其实是大约三十至一百朵小花组成的伞形花序。每朵小花有六瓣细线般的花瓣，颤颤霪霪，绵绵密密，组装成一簇完美圆满的花束。这是盛夏的花了，颜色、形状都富丽秾艳，充满自信的生命，像日正当中，君临天下，使人想起花团锦簇四个字。

　　再过几天就是夏至了。平日或许觉得火球花俗艳，大疫蔓延，死者无数，反倒希望这样现世的俗艳，可以驱除邪疫，为众生带来平安圆满。

156

须陀洹

二〇二一年六月十六日

　　收割以后的田，土地上留着曳引机驶过的辙痕，留着一排一排整齐的稻梗，留着已经被割刈的生命的根，仍然牢牢地扎在土里。

　　只有在收割后有机会认识土地和根的力量。

　　黄昏时分，收割的田地一无阻拦，朝南可以一直远眺到卑南溪入海处落日反照的余光，蔚蓝天空留着夏日最后浅浅的彤红和浅浅的金黄。

　　地平线的右方是绵延迤逦的大武山斜斜的余脉，左方可以看到海岸山脉，近的是凤鸣山，远远一点凸起浮在云气上的山头是都兰山。

　　今日细想"须陀洹"（Sotapanna），这个翻译 Sota 是河流，Apanna 是进入

　　鸠摩罗什将其直译为"入流"——进入河流。感官的河流，或心智的河流。看河流水面反光，聆听河流或缓或急潺潺流去，嗅闻河水的气味，尝饮一掬河水，身体随河流漂浮，我想记忆这条河……

　　然而，须菩提回答佛说"无所入"，"不入色、声、香、味、触、法是名须陀洹"。

　　所以我进入的河流，感官的，或心智的河流，只是一条虚幻之河吗？最终要从"入流"的结缚纠缠解脱出来，要领悟"无所入"吗？

　　即将入夜，我在等上弦新月升起。

须陀洹

158

紫薇

二〇二一年六月二十日

　　黄昏散步的路上，一株紫薇花开了。

　　很娇艳的粉紫，轻盈柔细如蕾丝花边的皱褶，在风里轻轻摇曳。

　　唐宋的宫廷里好像很爱种紫薇。早朝或散朝后，官员就在紫薇花下草诏、准备奏章，或无所事事，看庭院深深，看岁月里的曙光或夕阳余一寸；无聊时就以紫薇咏唱写诗，留下很多文人与紫薇的对话。

　　我最喜欢的是白居易的《直中书省》里漂亮的句子"紫薇花对紫薇郎"。紫薇对应天上星宿，当时中书省称"紫薇省"，翰林学士称"紫薇郎"，官署如星，官名如花，生命如星辰，也如繁花，大唐风光，可以这样跌宕自喜。能借着夏日余光与盛放的繁花对话，也可以矜持喜悦生命的华美贵重吧……

　　紫薇花期长，夏至过后，小暑、大暑，大疫一时不歇，山居岁月，息交绝游，每日就循暮色来多看看兀自绽放的紫薇……

夏至

162

耘田

二〇二一年六月二十二日

　　夏至了，池上一期稻作大多收割了。

　　这几天，看到早收的田地已经在耘田。

　　耕耘机翻起田土，打碎稻梗，让干硬土块和稻根都碎成很细的土壤，再放水养护，让土质慢慢滋润，变得柔软温暖，像妇人准备受孕，要给新的生命安胎，给即将插秧的秧苗一个安全稳定的环境。

　　离开土地的都市工商业文明，很难了解与土地相依为命的农民对雨的渴盼吧！

　　七月十二日左右，二期稻作就要开始插秧了。恰好昨夜下了一场雨，清晨雨霁，走到庭院外看大山浮云。希望天地护佑，农民们都在盼望，插秧前再来几场好雨。

耘田

164

放下

二〇二一年六月二十三日

早饭后，给自己沏了一壶高山乌龙，坐在短墙旁的树荫下看书。

树下一阵阵凉风，芒果、莲雾自落，时时有鸟来啄食。龙眼也已累累，随风摇曳，风里都是甜香。过了夏至，满树都是蝉声，有时就搁下书专心听蝉噪高天。

宅配张岱《夜航船》，每天看一点。是像百科词条的类书，没有一定连贯的章法。亡国后无事，随手纂辑这样一部书，可有可无，可拿起可放下，随时可拿起，也随时可放下。

以前迷恋张岱的《西湖梦寻》《陶庵梦忆》，缱绻缠绵，惆怅里都是找寻不回来的记忆。《夜航船》不再寻忆了，只是大动乱后幸存的随性岁月吧，随时可以放下。年轻时常常看书看到放不下，陀思妥耶夫斯基伟大，每一本都难放下，现在好像喜欢随时可以放下的书。

《松下问童子》不伟大，但是真好，二十个字，像是自问自答，云深不知处，不知道的地方，天辽地阔，天地间都是千山万壑的回声。

166

新米粥

二〇二一年六月二十八日

　　池上一期稻作收成的新米上市了！

　　大地多力米梁大哥送来冠军的有机芋香新米，刚刚送到，迫不及待，熬了粥。

　　浸水一小时，大火烧到滚，立刻关火，焖半小时。打开锅盖，一屋子就弥漫淡淡的芋头香。

　　这几天早餐都这样吃，前一夜熬好，不开锅盖，焖一个晚上，次日早餐，口感温度都好。

　　在农舍旧木桌上，配一勺肉松，一颗池上的腌梅子，一块玉蟾园阿嬷家制豆腐乳，一碟小黄瓜或早晨新挖的鲜笋。饭后配几颗朋友宅配的当季玉荷包收尾。

　　这是私密的个人早餐，完全家常，舍不得其他杂味干扰了米粥简单的香味口感，单纯私密的童年快乐记忆，平凡到没有什么值得炫耀。

　　以前夏天在巴黎住一个月，也都带了池上米、豆腐乳。这样早餐，像一个自己的仪式，吃了，身体才醒得来。好像被纵谷风和日丽的稻田拥抱过，之后，满街乱逛，看展览，喝浓缩咖啡，去 Au Pied de Cochon 吃大餐，喝优雅的 Chambertin 都可以，因为仪式过后就没有遗憾了。

　　美好早晨，身体要留给这碗当季的新米粥，有阳光，有风，有雨水和泥土的气息……

猫咪

二〇二一年七月一日

农舍来了一只流浪猫，刚开始怯生生的，只在院子停留，有野狗吠，它就躲到树上。

前任驻村艺术家大概喂养过它，留有猫食饲料，我就放在屋檐下，它也来吃；吃惯了，早晚就到檐下喵喵叫，提醒用餐时间到了。

两三个星期过去，我还叫它"猫咪"，没有名字，表示它还是流浪猫，可以自来自去吧……

这几天它进屋子里来了，晚上也不肯出去，我看书写字，它就卧在脚边。我有点为难，知道一旦关心了，就很难放下。

猫咪

大疫中每天看逝者病者受苦，为不相识的生命读经，也要安抚自己"众生，非众生"。

慈悲如是艰难——

今天吃饭时，猫咪跳上餐桌，看看我的白粥，鲜笋，都闻一遍，好像没有兴趣，就兀自在餐桌一边睡觉。睡得四仰八叉，一副完全放心的样子。

在野田里长大，多少毒蛇野狗虫豸，要有多少警觉才能避开危险，存活下来。它的存活一直是艰难而惊慌的吧……我们也曾经这样放心无一点警戒的沉睡吗？

习惯对人矜持、防卫、警戒，习惯用层层防卫把自己保护起来，我们不知不觉也在惯性的硬壳里封闭了自己，囚禁了自己。

我很靠近看猫咪沉睡，睡到这样放心，是多么大的福气啊……我在想是不是该给它取个名字了……

小暑

172

池上的云
二〇二一年七月七日

住在都市，不知道云在晚上也睡眠。

池上的云，夜晚都躺平窝在山脚下，像人沉睡一样。

夏至小暑之间，清晨五时十五分左右，太阳慢慢升起，山脚下的云也仿佛苏醒了，伸着懒腰，一朵一朵排队，慢慢向天空飞去。

晚上有一个可以安定栖息的家，白天还是喜欢自由自在，流浪四方。

黎明曙光，坐在庭院看云慢慢升起。

174

水声

二〇二一年七月九日

入夜大约七时，远端台九线的路灯亮起来了。

水圳已经开始放水，散步时一路都是盈耳的水声。哗哗啦啦，大大小小，高高低低，深深浅浅，不同速度流量的水声，使我想起京都永观堂后院特别用流泉设计的水琴。

插秧前水圳放水养田，天光暗下来，视觉褪淡，可以更专注聆听，水圳的声音丰富多变化，比寺庙的水琴更壮阔大气，像一部大地的交响乐。

水田是亚洲稻米原乡的乡愁，走到天涯，心里仍然惦记着那一方田，浅浅的水光，像一面镜子，澄净空明，映照出白日繁华过后幽微的心事。

红云

二〇二一年七月十日

　　晚云的光让山的棱线清晰而锐利。

　　从峰峦交错的溪谷进去，过初来大桥，沿着新武吕溪峡谷的蜿蜒曲折，可以到雾鹿，到利稻，到栗松，到向阳，一直往西，或许穿过大关山隧道，可以一直走到玉井。

　　那条路，少年走过，曾经在海拔两千八百米左右的垭口看到一个夏季满山满野盛开到令人疯狂的野百合花。和我们的青春一样，如何挥霍都无遗憾。

　　百合花都无恙否？

　　今晚入夜的山上是否也看得到那一抹红云如血？血凝成紫灰，暗夜的天空，繁星点点如泪，密聚闪烁成一条天上的长河……

红云

178

Neil

二〇二一年七月十二日

　　星期一，在龙眼树垂实累累的树荫下听蝉声，品尝 Neil 传授的现磨手冲咖啡。

　　Neil 的店在富里，花莲与台东交界，所以取名"边界·花东"，从池上去也只十几分钟车程。

　　Neil 原来在大城市工作，这些年回家乡陪伴母亲。

　　母亲陈妈妈的"手路菜"是一绝，梅干扣肉吃过的人都难忘。Neil 接了父亲留下的田，从城市文青变成农地里滴汗如雨的劳动者，皮肤黝黑了，体格结实了，但仍忘不了城市里精致的手工咖啡和小甜食。

　　他慢条斯理说着磨豆和水温的细节，如此讲究，不慌不忙。

　　室外正夏日炎炎，大疫流行。

　　纵谷从城市回乡的年轻一代，慢慢多起来了。他们在城市与农村之间架起一座桥，可以重新思考城市文明与乡村的关系。

　　城市大疫恐慌，他们或许可以创造二十一世纪岛屿全新的农村风景，让人安心吧。

　　风里一阵一阵龙眼气味，浓郁香甜，竟然和咖啡搭配得很好。

180

福德"词"

二〇二一年七月十四日

　　因为是农村，池上土地庙特别多。连年丰收，村民谢天谢地酬神，土地庙也扩建整修，有的很华丽体面。

　　万安村龙仔尾路口也有一座土地庙，长宽大约只有一米，可能是池上最小的一座吧。

　　祀奉土地的寺庙都叫"福德祠"，积福积德，也就是土地信仰的根本吧。

　　这座福德"词"，字写错了，村民也不在意，也还是积福积德，四时一样祭拜。

　　我喜欢夕阳西下时分散步，走到路口，正好西斜低下去的阳光一直照进神龛。原来端坐在暗黑神龛里的神祇忽然头上宝冠闪闪发亮，似神灵活现，让正在插秧来祈福的村民安心。

182

贝壳

二〇二一年七月十五日

吃了一颗贝，翻过来看，贝壳上有细细的纹路，像光影摇曳，像水波晃漾，像水波下映着日光流动的一绺一绺的海草。

从一个小小的螺旋开始，在大约三厘米乘五厘米左右的空间，铺展开壮阔美丽的无限风景。

新艺术时代许多建筑师、设计师从大自然中撷取灵感。西班牙建筑师高第（Antoni Gaudí）的许多建筑元素来自贝壳，贝壳在他的素描手稿里转型成一扇窗，一座旋转楼梯，或天花板上镶饰吊灯的花纹。

他在滨海的加泰罗尼亚长大，海洋贝壳给他许多想象空间吧……

离开自然，离开生活，设计容易在纸上枯萎，只是线和点的造作，很难有长久丰富生命。一颗保护柔软肉体的贝壳，要用多少时光，在海洋里雕塑自己，学习一丝一丝水流的柔软和坚强。"有色、无色、有想、无想、非有想，非无想"，《金刚经》指示的众生如此广阔包容，一颗小小的螺贝，是有想，或是无想？

死亡之后，它的"美"仍然好像在诉说着那无数沧海月明浩瀚的孤独夜晚。每一颗贝，在大海洋的寂寞波涛里沉默着，专心无杂念，琢磨一粒又一粒使肉身触痛的砂砾，多少时光，每一尖锐砂砾才能转身成浑圆晶莹如泪的珍珠。

184

莲雾之一

二〇二一年七月十八日

　　看累累果实悬垂树上，有说不出的愉悦富足的快乐。

　　花开是为了授粉繁殖，色彩、气味、形状都骚动诱惑，充满不安定的欲望。授粉交配完成，结了果实；激情过后，有一种满足，也有一种放松。

　　少年如花，欲望绽放，有千万般华丽。

　　欲望总要沉淀，花的张扬褪淡了，慢慢应该能懂"树叶成荫子满枝"的安定，领悟不被欲望打扰的恬静自适与满足。

　　大疫或有稍歇，欲望仍然炽热，众生生死疲劳，不容易停下来。即将大暑，专心看看树荫间串串莲雾，嫩青里深红浅红，都怀抱着种子，圆满微笑。

莲雾之一

186

莲雾之二

二〇二一年七月十九日

莲雾一颗颗掉落，一大片掉落在庭院，也有一大片落在短墙外的路上。

王维到辋川，在深山溪壑里遇到繁花盛开，那是很少有人会去的地方，花开花落，没有人计算岁月，岁月如此，无惊骇恐惧，莫不静好。

他写了传诵千年的二十个字：

木末芙蓉花，山中发红萼。

涧户寂无人，纷纷开且落。

走到辋川，他才顿悟，花不是为人而开的。

无一人来，花依然纷纷开且落。

走到辋川，他才顿悟，可以不把自己放在宇宙中心。

大暑将至，旭日初升，鸟雀在树枝间跳跃。听鸟声啁啾，也听蝉嘶；檐下看书，也看莲雾坠落。

188

树

二〇二一年七月二十日

　　刚刚插秧，下午一阵豪雨，田里积满了水，水田里就映照着远山、树，天空里云的影子。天光云影在浅水间缓缓流动，像来照拂看顾需要好好护佑的幼嫩秧苗。

　　农田里很少有树，怕树根乱窜破坏田土。田埂上偶然长成的大树就常常成为远际地平线上醒目的风景。

　　今日的树，衬着一抹晚云的光，特别宁静，像是久远劫来专心无旁骛的手势。天光如此，大地如此，无思无虑，可以跟大疫烦乱、心事忡忡、匆匆忙忙、焦虑的人说一句静定祝福的话……

　　我们可以更爱自己，更爱这个美丽的世界吗？合十感谢……

大暑

192

葭灰

二〇二一年七月二十三日

　　我喜欢她身上葭灰色的斑纹，很像最好的松烟墨的墨韵。

　　宋元的书画里还有这种赭灰的沉静层次，到近代，墨色常常只是一块死去的黑，没有光在墨里流动，黑而无神，也就失去了水墨的意义。

　　她静静卧着，让葭灰的墨韵和身上的留白构成最好的八大山人的斗方册页，好像钤一方朱红印章就可以流传，知道有一只猫在明朝亡国后来过青云谱。

　　朋友疼她，送来盛盘，里面铺了松木屑。但是她更喜欢卧在地上，衬着粗拙的水泥自然变化的晕色深浅，像是风尘仆仆的宣纸上的岁月沧桑，也的确搭配得很好。

　　夏日偏乡，微风徐徐，农舍的午后就这样静悄悄的。

　　想象八大山人在青云谱画猫的那个下午。

194

无

二〇二一年七月二十六日

风景可以很淡，山色很淡，水光很淡，云和日光的影子都很淡，淡到若有若无，也是王维发现的"山色有无中"……

曾经走过的很炎热的夏天，大暑，像火焰一样热烈到窒息的激情悸动。

多么浓烈炽热的燃烧都会褪淡。"浓烈""褪淡"是领悟"有"终究是"无"的因果。

因为岁月，一次一次淘洗沉淀，鲜艳耀目的颜色会褪淡，轮廓分明的形状会褪淡，执着坚持、自以为是，都会褪淡。

繁华褪淡成回忆，剩下空中袅袅散去的余烬，灰飞烟灭，在鸟雀人迹不到的地方，一绺轻烟随风逝去，天空地净。

没有瓜葛纠缠，没有牵挂嗔爱。

遗忘之后，可以回头再看一次走过的风景，好像近在眼前，却了无干涉，只是无数阿僧祇劫偶然擦肩而过。于一切有缘，最终也是咫尺天涯。

还是再默念一次经文上说的——诸相非相。

补秧

二〇二一年七月三十日

　　大部分的田都插了秧，细小的秧苗，像襁褓里的婴儿，稚拙可爱，还没有什么姿态。

　　现在插秧多用机械，一叠秧苗放在车后的盛盘，车子滚动，秧苗也一株一株插进湿软的田土中。现代机械化的作业快速省事，少了农民很多劳动的辛苦。

　　但是，许多农民还是不放心。今天傍晚下雨，有农妇就踏在泥泞中，淋着雨，低头工作，在田里看顾秧苗，补秧、贴秧，扶扶正，或疏解调整一下植株距离，一次一次弯腰，不放过一点补救修正的机会。

　　细雨霏微，雨中天光很美，劳动的人红色的衣服也很醒目。

　　大暑后七日，即将立秋，天地如此，众生如此。

198

输赢

二〇二一年八月二日

连日好雨，刚插秧的田里都积满水。

清晨雨霁，一碧如洗的山峦下一带长云。隔着长云，山脉好像低头看着自己的倒影。

山水如此，心无挂碍。昨夜和众生同看奥运比赛，看输赢，和众生一样有笑有泪，有盼望，有失意，有惊叫，有叹息。

清晨起来走到户外看风景，笑泪过后，知道输赢之外还有天长地久。

200

沉默

二〇二一年八月五日

　　古希腊建立了运动为基础的美学，至今延续成奥林匹克和美术人体比例的规范。

　　这尊比真人略大的青铜塑像在雅典国家博物馆，是公元前四七〇年希腊黄金时代的代表作。

　　好几次在雅典面对这尊像，细看他张开的胸怀，细看他眼神投射的视野，细看他肩膀与手臂的担当，细看他身体微妙的平衡与和谐……

　　这尊被称为 Poseidon 的雕像，若是拿掉附加的神话，其实是竞技场的投掷标枪的选手。

　　雕塑家捕捉到标枪投掷一刻身体的控制，右脚跟已离开地面，左脚尖微微抬起，左手前伸，指向标枪要去的目标。看久了，觉得身体在微微呼吸。

202

最好的运动是让人看到生命的质量："视野""胸怀""担当""平衡""和谐"。

考古学家在希腊半岛西端奥林匹亚挖掘了公元七七六年的运动场，周遭神庙、图书馆、诗歌朗诵、剧场都有。希腊的竞技，是体能、智力、品德、美，全面的修养。

运动的精神也许还能找回来，不只是竞争，也懂了配合、团队，在合作里成全他人，不只是打败对方，同时，也学会向对手致敬。

　　昨晚看到球后回国，那样沉默，不发一语，不随媒体起舞，不随群众喧哗。运动的极致是这样专注在自己的世界，这样孤独，如同一位长跑者说的"跑到终点的寂寞"。

　　她，此时此刻，多么需要跟自己在一起。在几千次输赢过后，毁誉褒贬都与她无关。真正顶尖运动员的安静，如同两千数百年前这样一尊雕像。

　　一尊像，足以说明一整个时代的精神。

　　向球后的沉默致敬！

立秋

中元

二〇二一年八月八日

　　昨日午后立秋，大雨。晚上十一时是民间信仰俗称的"开鬼门"，许多人家都有祭拜。

　　一个月的"鬼月"，虽是民间信仰，却影响很大。许多忌讳，许多禁戒，避秽、祈福，各地方、各行业都有自己处理的方式。

　　鬼门大开，亡魂四处漂泊。这一个月，如果按照民间信仰，要如何与回来的亡者相处？如陌路相逢？如擦肩而过？像苏轼在妻子死后十年祭悼的句子："纵使相逢应不识，尘满面，鬓如霜。"无论生者，无论亡者，相逢而不认识，无从知道过去未来的因果，也许是苏轼说的深沉的悲哀吧。

208

民间用词是"好兄弟"，是的，大疫期间有四百万人走了，我可以一一相认，叫他们一声"好兄弟"吗？

生者将是亡者，亡者曾经是生者，隔阂只是时间。民间相信，时间隔阂，可以在这一个月了无顾忌。鬼月的重要仪式是中元普度，整个东部亚洲都有祭奠。

中元普度是道教的说法，佛教称"盂兰盆节"。盂兰盆会可能源自佛弟子目犍连。目犍连，也称"目连"。华人在南北朝时期就引进目连救母的葬仪戏剧在民间流传。

相传目连母亲多行恶事，死后在地狱受苦，目连仁孝，布施食物给母亲，但一到口中都化为火焰灰尘。目连求助佛陀，因此有众菩萨集力，助目连下地狱救母。台湾也还有目连戏流传，在丧礼中看孝子模仿滚钉板、上刀山、下油锅，惨烈怖惧，小时记忆，至今难忘。

所以，盂兰盆会是生者要用最大的信念度脱亡者的劫难，让六道众生解脱。陆上、水中、空中都是亡魂，所以在中国台湾、日本都有放水灯习俗。

我在京都岚山渡月桥下随民众放过水灯，把点了蜡烛的小木板放入水中，默念亡者姓名，或只是度脱众生，击掌合十，看一点荧荧烛光在暗夜里随水流愈行愈远，仿佛冤业灾厄也随之而去，不相识的六道众生，相逢而且相识，也可以了无挂碍。

民间流传久远的信仰，自有心中的向往。理性科学都难解释，自视甚高，也许斥为迷信，也只是与众生无缘，相逢而不相识吧。

借菩萨寺佛前脚下一盏灯，为亡者照亮解脱的路。

山头

二〇二一年八月十四日

　　立秋后五日，吹西风，云从西海岸过来，爬到中央山脉大山的棱线上，停住，像一顶白色假发，给山头换了一种发型。

　　这是今天黄昏的风景。

　　风景是千变万化的，和自己的身体一样，时时刻刻都在改换面貌。

　　修行只是从领悟如何离开执着的"我相"开始吧。"我相"执着，认定一座山是不变的。执着"我相"，认定自己的身体是不变的。"我相"执着太深，就与岁月无缘。

我们常常执着"青春","青春"也就尴尬成不是"青春"了。

晨昏，春夏秋冬，这座大山有不一样的容貌。

早晨，整座山被东边日出照亮；黄昏，它沉浸在逐渐暗下去的暮霭中，有时云彩飞扬，有时灰紫朦胧，像有许多心事。

春天二月山里许多浅粉紫的光，是苦楝树开花。四月下旬，一片一片的白，像飘雪，是油桐花开的季节了。秋天满山飞起芒花，泛起银色的光。或者，十月中，栾树的荚果染出赭红。这座山，时时换着新妆，从不间断。月圆的夜晚，这座山异常庄严，像一尊佛。

可以记得一座山的晨昏和四季吗？如同记得母亲在岁月时光里变换更改的容颜？

记忆岁月里的生命，像记忆一条时光的河流，童年，青春，盛壮的飞扬；平缓，低回，哀乐入中年；最后，可以在冬日静看山头萧索，寂静空无，也还有许多悠长的回声。

212

柿子

二〇二一年八月十七日

　　柿子黄了，我才知道前庭有三棵柿子树。

　　立秋以后就是柿子的季节了。以前秋天去和歌山，满山都是硕大饱满累累的金黄柿子。

　　我并不特别喜欢吃柿子，却觉得柿子在树上好看，有秋天富足圆满又安静贵气的感觉。

　　秋天在日本，不只树上柿子好看，柿叶金红，也常配置插花，或做料理的陪衬。这三棵柿子树大概没有人照顾施肥，柿子长得不多，果实也不大，但是有鸟啄食。树上留着半颗鸟吃剩的柿子，我想应该是好吃的吧。

　　记得京都郊外有"落柿舍"，是十七世纪俳句诗人向井去来的家。他是日本诗圣松尾芭蕉的学生，隐居岚山郊外田野，生活朴素简单，屋前就是菜田，耕读度日。

　　柿子当然可以吃，也可以任其自落。落在地上，不吃，就叫落柿舍去来无挂碍，后世钦仰感怀。许多游客到落柿舍，瞻仰悼念，平常的柿子树、菜田、茅舍，也成了名胜古迹。

处暑

216

夏天就要过去

二〇二一年八月二十日

处暑

夏天就要过去

逃亡者继续逃亡

岁月如河

众生流浪生死

午后斜斜的阳光

照亮露台两盆兰草

花期过了

在安静的角落

看自己的影子

它问自己：下一个

春天，花还会开吗？

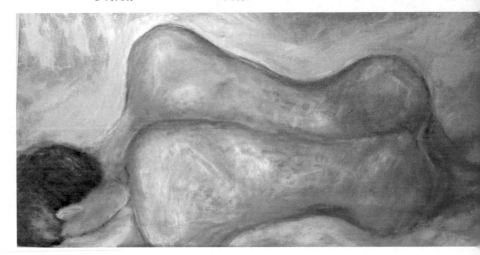

Icarus——阿富汗

二〇二一年八月二十一日

少年时读希腊神话，读到 Icarus 用蜡黏的羽翅飞起，他想更靠近阳光，却遇热融化，Icarus 从高空坠落，摔死了……

他的身体变成大海一个小岛，那个岛仍然用他的名字命名。那是人类最伟大的一次坠落，身体如此渴望飞起来……我一直以为 Icarus 十五岁，或更小。

我不知道，今天，有十七岁的身体，有十九岁的身体，依然想飞起来……想飞起来啊，在战乱的机场飞起来，在灾难危厄中飞起来，然而，为什么肉身却这样沉重？

我们必然要从高空中坠落吗？

220

惊

二〇二一年八月二十二日

　　中元前一夜，大约七点，月亮从海岸山脉的棱线上破云而出。

　　我吓了一跳，想到王维的"月出惊山鸟"，真的是一"惊"。文学上语言的精准，无其他字可取代，因为走在暗夜的山里，诗人看到月升时那浩大明亮宁静的光，心中一惊，他听到山里夜宿的鸟惊醒的聒噪。

　　下一次月圆是中秋，中秋是人世的团圆。

　　中元普度，民间家家户户都设案祭奠，阴阳两界，久远劫来，众生因果或解脱，或缠缚，仿佛都在这浩大明亮宁静的月升之中。

　　前世的团圆，此生的团圆，月亮都要这样圆满。

惊

222

池上珍重

二〇二一年八月二十五日

没有想到，疫情在北部爆发，临时决定留在东部纵谷，从五月中开始，足足停留了四个月。四个月除了画画读书，在田野间散步，真的做到了"息交绝游"。

陶渊明《归去来辞》里说的"息交绝游"，一直以为只是文人隐居的理想。因为大疫蔓延，"息交绝游"其实是更具体的"社交距离"吧。屈指算一算，四个月见到面的人竟然不会超过十位。

有更多时间看山，看季节的变化，从立夏到小满，到芒种，看稻田收割、耘田、插秧，一期稻作到二期稻作，晨昏的日出日落，日升月恒，原来息交绝游是回来跟自己在一起。

224

孤独是跟自己在一起，可以见天地见众生。

最后两天，要离开龙仔尾了，照常在晚饭后走每天走的路，和每一棵树告别，和水圳盈耳的哗哗声告别，和山间的云、田里每一株秧苗告别……

立秋以后，天空银灰的光多起来了，是秋天的光，沉静如有心事的光。

感谢四个月几乎独自拥有这样宽阔壮大的风景，可以走一两小时的路，碰不到一个行人。

游客慢慢回来了，我要离开了，美丽的山河大地，原来是大家都有缘分的。

池上这几年，观光热闹了起来，多了很多速度快的电动车。六个人坐在车上，在田间奔驰，不小心也翻到田里。

　　观光在全世界都难控制，池上是小乡村，它的悠闲、缓慢、安静，很容易被外来商业催促的焦躁喧哗破坏。外来商业拦路霸王硬上弓的兜揽生意，扰乱了原本素朴的乡村。然而池上原本的居民还是很安静，不被泛滥的商业影响，善待每一个到池上来的人。

　　池上的美，不静下来其实是看不见的，步行、骑单车都好，速度太快就往往错失很多美丽的刹那。

　　山水大地祝福每一个来到它面前的人，不急躁，就有山水的缘分，也一定会得到天地祝福。

　　池上，平安！珍重！

秋香

二〇二一年九月三日

　　沿河岸走，迎面拂来一阵一阵植物的香。

　　再过几天就是白露了，秋天的空气里有一种气味，淡而悠长，很安静的香，也许是入秋以后的风，让气味不像春夏那样骚动浓烈吗？

　　母亲很喜欢"秋香"的颜色，陪她去布庄挑做衣服的料子，她常常问："有没有秋香色？"

　　"秋"是季节，"香"是气味，这两个字放在一起，很难让年轻一代联想到色彩。

　　西方的色彩通常单纯只是视觉，在东方色彩可以是季节，也可以是气味。

"那是什么颜色？"我常常遇到学美术的年轻人问我"秋香"的颜色。或许，秋香也不只是颜色，是一个季节慢慢由燥热转为沉静，树叶从喧哗的绿开始一点一点变黄，变褐色，变赭色。是跳跃刺眼的光沉淀静定成为秋光。

我想说，"秋香"是喧闹转为澄净的颜色的游移，有时多一点黄绿，有时多一点褐赭。《红楼梦》里有藏在库房里四十年舍不得用的秋香色的软烟罗，很细柔的织品，做成帘幕，挂在窗前，就像一片秋天的光。

视网膜上的色谱其实是应该在光里模拟的，色彩在季节里成为秋光；成为秋香，才有了岁月的记忆。秋天是丰富的季节，繁华过了，整片树林在绿黄赭褐之间游移恍惚的秋光，就是母亲一直寻找的"秋香"的颜色吧。

我在路旁找到了一丛一丛的海桐花，是这幽微的气味在秋风里引我来这里找她。许久没有听到有人谈起"秋香"这个像诗句一样的颜色了。

白露将至，徘徊河岸树林间，再一次寻觅久违了的秋香。

228

潮来潮去
二〇二一年九月六日

　　白露前二日，星期天。从四楼画室眺望外面的大河河口，河面上停泊着许多帆船。

　　可能因为涨潮，海水涌进，河水颜色特别蔚蓝。

　　三角形的醒目白帆，映照着蓝色水波，映照着初秋澄净的天空，眼前一片秋水长天，像毕加索、马蒂斯的画，恍惚觉得是南法蔚蓝海岸的风景。

　　这条河流，在十九世纪前后，曾经是许多船只通行的重要贸易航道。对岸的红毛城似乎还见证着国际海洋强权操控河口的霸业历史。

229

230

　　河流淤塞，河流通向海洋的历史
被遗忘了，游客闲逛，也不容易记得
近在眼前就是清朝与法兰西厮杀惨烈
的战场。

　　大概是帆船俱乐部的假日集训，
点点白帆很快向海口移动，消逝在远
远天际，河面仍然恢复原来空明宁静
的蔚蓝。

　　战争的历史过了，只留下昔日扼
守河口重要航道的碉堡遗址——沪尾
炮台、红毛城、老榕碉堡，说着不同
时代战争的故事。

　　历史过了，我们到厮杀的景点前打卡，霸业成空，战争像一出新上市的电玩游戏，游客玩笑嬉闹，唏嘘感叹其实也仿佛多余。

　　这个秋天，仍然像一百年前、两百年前的那个秋天吗？

　　潮来潮去，许多人抢滩登岸，许多人尸沉大海。

　　潮来潮去，生死流浪，岛屿或许仍然会记得四面大海的波涛这样壮阔澎湃吧。

白露

234

清晨的秋光
二〇二一年九月八日

　　白露次日，晨起，走山路看一段清晨的秋光。

　　唐诗有"银烛秋光冷画屏"，有点宫殿夜晚的华丽。如果去掉"画屏"，再去掉"银烛"，就只是单纯自然里的一段安静无染的秋光了。

　　不只诗人喜爱"秋光"，音乐家也常为"秋光"谱曲。

　　北欧导演伯格曼的《秋光奏鸣曲》也可以一看再看。秋光或许是春夏的热闹纷华过后，沉静下来凝视自己心事的时刻吧……

　　我看到的秋光是今日太阳初起，山峦上一片浩大无声的晨曦。

清晨的秋光

236

蒜香藤

二〇二一年九月九日

平凡小镇一整条街的墙头上都开满了艳紫妩红的蒜香藤，走着走着，也感受到空气里洋溢着秋晴的喜悦。

有些花适合开在田野沼泽，一大片的向日葵，一大片的虞美人，一大片的荷花或布袋莲，在阳光下随风摇曳，都让人开心。有些花适合栽培在花圃庭院中，有人照顾，日日浇水修剪，比较像宠物。百合，玫瑰，绣球，各类茶花，都常成为人工园艺里的植栽。

宠物性质的花，最代表的是牡丹，需要细心照顾，因此也常常剪枝插在花器里面，供养在富贵客厅几案上，供人观赏赞叹。

蒜香藤，好像没有人拿来做瓶供，也很少做插花的花材。蒜香藤，像她的名字，没有那么娇贵，十分民间，总在夏末秋初的巷弄平常人家的墙头屋檐看到满满的蒜香藤。她仿佛决定自己不是豪宅官邸士绅名媛的高雅贵气，也不是野生野长大地上随处蔓延自生自灭的植物。

蒜香藤的俗艳恰好适合开在街坊邻里的小户人家墙头，依靠着平常百姓，过着平凡生活，满足着小小的确幸快乐。

Momojan

二〇二一年九月十二日

　　池上书局的Momojan很美，毛色白灰中闪着暗暗的紫色的光，高雅而神秘。深黑的眼线，像古代埃及君王勾勒的眼眶，孤傲而冷漠。

　　我以前常去书局跟他打招呼，他不是太爱搭理人。一只气质高雅的猫，总是独来独往。

　　知道他的习性，自然也不会太打扰他，远远看他蜷缩独处一隅，也觉得很好。

　　池上这几年外来游客多了，有中国大陆、香港地区，以及马来西亚、新加坡各地来玩的人。他们到池上书局，都会和Momojan拍照，放上脸书、IG、网络，许多人转贴，Momojan 突然变成了网红。

240

　　小小书局有时候挤满人，络绎不绝，游客都争相叫他的名字，抚摸，逗弄，不断贴近脸说："你好可爱啊……"

　　Momojan 依然一脸冷漠。抚摸太多，他甚至明显表情厌烦，有时就躲进柜子下面，不肯出来。

　　游客热情，爱的方式，常常锲而不舍。有时看到他不断被一整天的游客抚摸逗弄，也觉得无奈，我想他多么想独处，不受人骚扰吧。

　　爱变成骚扰，甚至霸凌，当然是遗憾的事。

　　皮娜·鲍什有一支舞作，印象深刻，舞台上一个美女被人宠爱，被亲吻，被摸脸蛋，被拥抱，一再重复，最后宠爱变成可怕的骚扰与凌虐。

　　爱，竟然变成酷刑，像一种凌迟。

　　有好几年我不太去书局了，游客太多，挤在小空间里，看一只猫被过多宠爱弄得很烦，也不知如何是好。

　　最近偶然去书局拿邮件，书局太久没有人客来，也担心书局的经营困难。人类总是在"过"与"不及"的两难中矛盾着吧……

　　我坐一会儿，忽然看到 Momojan，走到桌边，纵身一跳，跳到桌上，在我手上蹭了蹭，然后躺下，安心把脸贴在我手背上，像小孩撒娇讨拍。

　　我有点惊讶，一向孤独的猫咪，人多人挤的时候到处逃避人，一阵子没有游客，他又渴望和人亲近了吗？

　　我享受了生命与生命温暖依靠静静的一刻。

　　疫情也许是一个功课，保持适当的社交距离。期盼疫情过后，生命或许还能找回适度的、好的社交关系；不过分拥挤，也不过度疏离，有温暖，有爱，却也尊重独处的自由。

舍身饲虎

二〇二一年九月十六日

　　佛经里有两个震动我的故事，一是"割肉喂鹰"，一是"舍身饲虎"。这两个故事我都改写过，收在《传说》书中；也曾经录成有声书，制作了CD。

　　这两个故事也让我想用绘画来表现。

　　事实上，北魏到唐代的敦煌洞窟里都曾经把这两个故事画成壁画。我尝试画了，画了好多年，一改再改，希望能传达原始故事的含义。

"舍身饲虎"是少年俊美的萨埵那太子从悬崖跳下，把青春的肉体喂给饥饿的老虎吃。

画这张画时，还是不完全理解为什么青春的肉身要发愿去供养饿虎。佛经有我不完全能理解的深意吧，佛说的故事总是远远超过我在现世能理解的范围。

青春华美的太子的肉身是"众生"，饿虎的肉身也是"众生"，我们可以理解宿世流浪生死的肉身舍弃给众生的意义吗？"舍身"对我是多么艰难的事，然而，为什么我要一次一次读《本生经》这一段故事？为什么我想在画里让萨埵那太子与饿虎相依偎在一起，像平等的众生？

我的肉身来此世间的意义究竟何在？

我想继续追索，圣洁与沉沦，爱与恨，敌对与和解，此生与来世，执迷与领悟，在一百厘米长、五十厘米高的画布上，一笔一笔追索。我可以借由一张画，更懂一点自己吗？

饿虎是我们自己，萨埵那也是我们自己，宿世来，宿世去，总要与自己相认。

244

栾树开花

二〇二一年九月十九日

清晨走到自家门口的河边去看栾树开花。

每年秋分前，沿河岸整排栾树，一丛一丛的黄花就冒出来了。大约两星期，秋分后陆续飘落，树上就结满绛红色的蒴果。

这是栾树的季节，它一年都安安静静，不争春，不争夏，你几乎忘了它存在。在初秋天气转凉的时候，它开始静静地开花了。它自有自己的生命规则与秩序。

像一种季节的约定，每年一到初秋，都专心看栾树开花。一到此时，早上都会早起，走到河边看朝日初起阳光映照下熠耀辉煌的一片金色的光。

即使每年看，都还是会从心里赞叹："啊，你开花了！"

像父母看着初长成少女少年的孩子，头角峥嵘，有说不出的欢喜。

大疫两年，没有出去。往年一到初秋，蠢蠢欲动，大概已经要规划去北国赏枫了吧……

这两年很好，安心看岛屿的四季，安心陪伴一季一季的花开花落，没有野心，没有杂念。

早上读经，读到"还至本处"，心中一动，"本处"说的是心无旁骛的自家门口吗？

246

龟甲木棉·马拉巴栗·光瓜栗

二〇二一年九月二十一日

河边有一排树开花了。

树干有点像木棉，又不是。花的形态很特别，几乎没有花瓣，一簇长长的数百根细长雄蕊，颤巍巍，如烟花散放，仿佛迫不及待要把蕊尖的点点花粉散播出去。

我传给美浓爱植物的朋友，他说："大概是龟甲木棉。"我查了一下，的确和龟甲木棉的花相似。

热带的花的繁殖常常很直接，河边有穗花棋盘脚，一长串，也都是密密的蕊丝。

我们看到一朵花，玫瑰、百合，通常会被花瓣吸引，欣赏花瓣的色彩形状，或者气味。

这棵树的花，连续看了几天，终于发现花瓣。花瓣毫不显眼，五片，浅绿色，蜷曲在抢眼的蕊丝下端，好像萎缩了，没有任何诱惑的功能。

花本来是植物繁殖的欲望，花瓣再美丽，色彩、形状、气味，也都只是包装着交配的渴望。

248

　　但是，其实，花蕊才是植物繁殖的核心。

　　龟甲木棉的花，剥除了包装，毫不掩饰，赤裸裸的繁盛又壮大的雄蕊升向天空，招摇着一个植物渴望交配、渴望繁殖的全部欲望。如果是人类，这样显耀自己的性的欲望，这样张扬性器，会如何被看待？

　　欲望隐秘包装，是一种美；欲望赤裸裸无所顾忌，也可能让我们赞叹吗？物种在不同的环境，用不同的方式完成自己，很难做优劣比较。喜好比较，喜好褒贬，也许是自己小器。

　　浩大无量无边的宇宙，细看各个物种的存活，隐晦的、包装的、大胆的、赤裸的，最终的目的，都是繁殖。不遗余力，努力扩大自己，努力延长自己，大概就是生命的本质吧。

　　有时候也用植物繁殖的方式看待人类的不同样貌，各式各样不同的生存，尊严的、卑屈的……即使不理解，也心存悲悯，知道众生如此，都有艰难。

即将秋分，在逐渐降温寒凉的河岸边散步，花蕊绽放，也如夏夜星空，这样庄严华丽。

我把这朵花放在脸书上，有仔细观察植物的朋友提醒，可能是马拉巴栗树，花和龟甲木棉相似，只有叶子，一为互生，一为对生。

我再去现场看，正如网友指出，叶子是互生，是马拉巴栗树。

我正和美浓的朋友说，又有网友贴文，指出他观察了三年，台湾没有马拉巴栗树，俗称的马拉巴栗树其实是光瓜栗树。

还不能立刻定论，但是感谢这些朋友一路陪伴我认识大千世界，一路修正改进。

益者三友，友直，友谅，友多闻。

损者，也是三友，友"便"什么，但既是"损友"，忘了就好。

许多人批评社群网站，充斥攻击、辱骂、诬陷、挑衅……

其实不然，我在脸书上得到很多好意见、好朋友，感恩。

秋分

入秋

二〇二一年九月二十三日

　　二〇二一年九月二十三日，凌晨三点二十分节气交秋分。

　　因为秋分，起床特别早，走到河边，仿佛急着要跟新来的节气打声招呼，说声："秋分，你好！"

　　应该是入秋了，却意外看到了一树仍盛开的凤凰花。南国的秋分，白日仍然炎热，日照也充足，夏季的凤凰花还是开得这样艳红，对比着秋分时节特别艳蓝的天空，视觉上这样爽朗干净，使人很想用浓烈的油彩画下来。

　　宋元以来，文人追求淡远的意境，逐渐在绘画里排除了色彩，特别是强烈浓艳的色彩。一千年，纸上渲染的水墨，云烟苍茫，文雅，悠长，沉静，然而，也同时缺少了色彩鲜明对比的感官悸动。

青年一代，喜爱美术，常常会在凡·高一类浓烈燃烧般的色彩里得到快乐。如果二十岁，生命爱憎分明，走进台北故宫博物院，的确很难立刻静下来读懂黄公望八十二岁才开始着墨一清如水的《富春山居图》。

也许，就放任青年一代狂热去拥抱凡·高吧……爱恨激情过了，歌哭狂醉过了，哀乐入中年，或许会有机会领悟一卷南宋夏圭若有若无的《溪山清远图》。

美，像是四季不同的歌声，随着时间的迁移俯仰升沉，随着生命的兴衰飞扬或消沉。可以高亢，也可以低回；可以热烈，也可以凄怆；可以是青春灿烂的咏叹，也可以白发苍苍莽莽，一片萧条。

坐在河边，可以看最后凤凰花的青春意气风发，当然不多久，沙渚上也即将翻飞起一片片白茫茫的秋天芒花了。

254

包扎的凯旋门

二〇二一年九月二十六日

　　谢谢祯宏传来他去凯旋门拍的照片。

　　从二〇二〇年三月开始防疫，大多时间在东部偏乡，独自看书、画画、走路，有时三个月左右没有回都市，也没有和外界接触。

　　很享受山野田间的宁静，朝夕晨昏、四季晴雨，有看不完的景致，也没有特别觉得需要出去。最近，陆续看到 Christo 和 Jeanne-Claude 生前计划包扎巴黎凯旋门的计划九月在进行了，每天看一段报道。

　　谈到六十年前刚从保加利亚到巴黎，青年的 Christo 住在凯旋门附近的顶楼用人房，每天看着凯旋门，他心中刚刚萌芽要包扎这个建筑的意念。一个意念可以慢慢形成、修改，在六十年后完成。原始构想的创作者已经逝世这件作品完成了，成为世界瞩目的焦点。

包扎的凯旋门

256

　　疫情后第一次想出去，想念巴黎这个包容各种创意的伟大城市。一九八五年在巴黎，经验 Christo 包扎新桥（Pont Neuf），新桥是塞纳河上四百年历史的第一座石造桥梁，是巴黎的中心地标。许多人每天经过的桥，忽然被包裹起来，像是"消失"，却又是更强大的一种"存在"。创作者改换环境与人的关系，用暂时的"掩盖"去"彰显"更多更长久的思维与情感。

　　多么想经验此刻在包扎的凯旋门前的震撼力量。祯宏知道我的遗憾吧，告诉我他和两位朋友每个人替我多看十分钟。所以是秋初夕阳的光照到高处的那十分钟吗？我闭着眼睛，享受那十分钟的开阔，十分钟的华丽，十分钟纤维上一丝一丝的银色的闪烁的光。

　　凯旋门是拿破仑的纪念物，巴黎有关拿破仑的纪念碑、陵墓、雕像无所不在。拿破仑在法兰西的历史留下许多争议，"白色恐怖"这个词也与他关系密切。很难想象，巴黎如果移除所有拿破仑的相关建物，会是什么结果？

  Christo 用的方式，不是"移除"，而是"包扎"。艺术的转型也许帮助一个城市真正走向包容与伟大。我的朋友郑淑敏担任文建会主委时，有机会和她谈过邀请 Christo 来台北做包扎装置艺术，当时想到的是日据时代的总督府，或者，中正纪念堂。

  梦想没有实现，也许是因为梦想太不现实。那是上个世纪九十年代没有实现的梦。闭起眼睛，仿佛又感受着祯宏赠送的十分钟，和另外两位朋友赠送的二十分钟。珍惜这三个十分钟里一个城市的自由、开阔、包容与创意。

  谢谢祯宏。

菩提新叶

二〇二一年十月七日

寒露前一日，入夜之后，秋风习习。

在一所颇有岁月的小学散步。校园围墙边有一排高大的菩提树，暗夜中，看到新发的菩提叶，拖着长长的叶尖，像一颗满怀渴望的初心，幼嫩明亮，闪着金色的光。

想起印度菩提迦耶那一棵高大的菩提树，因为有觉悟者曾经在树下静坐，如今信众游客不断，每个人在树下，各自用自己的方式领悟觉悟的意义。

很巨大的一棵菩提，我曾经在树下和众生一起静坐、仰望、冥想、向往。

　　觉悟者走了，树也经历好几次好几劫的生灭循环。数千年来，母树的种子被带到各地种植，带到斯里兰卡，带到清迈，带到暹粒，带到浦甘，带到龙坡邦……

　　种子在各地生根发芽，带着母树的慈悲与渴求智慧的基因，长成大树。母树枯萎寂灭了，有人又从四处找回母树散播出去的种子，回到原点，还至本处，继续繁殖。众生，如同这株菩提，在好几世、好几界的时间与空间中流转生灭。

　　我的朋友从吴哥窟带了这一基因的种子，在旧金山庭院种植，几年来也已茂密扶疏。

　　菩提迦耶树下好多人，看风中叶片翻飞，有一片叶子从风中落下，许多人就争先恐后去抢，希望能得到觉悟者的祝福吧。

　　或许，觉悟者在树间静静微笑，如果有一天能觉悟放下争先恐后，祝福其实是不是也一样无时无处不在。

　　今夜这一簇菩提新叶，暗夜中熠耀光明，偶然陌路相遇，有缘让众生开心。